U0437784

菖蒲幽远

许冬林——著

万卷出版有限责任公司
VOLUMES PUBLISHING COMPANY

图书在版编目（CIP）数据

菖蒲幽远 / 许冬林著. -- 沈阳 : 万卷出版有限责任公司, 2025.3. -- ISBN 978-7-5470-6680-5

Ⅰ.I267

中国国家版本馆CIP数据核字第2024LY3923号

出 品 人：王维良
出版发行：万卷出版有限责任公司
　　　　　（地址：沈阳市和平区十一纬路29号　邮编：110003）
印 刷 者：辽宁新华印务有限公司
经 销 者：全国新华书店
幅面尺寸：145 mm × 210 mm
字　　数：170千字
印　　张：8
出版时间：2025年3月第1版
印刷时间：2025年3月第1次印刷
责任编辑：张鸿艳
责任校对：刘　璠
封面设计：仙　境
版式设计：徐春迎
ISBN 978-7-5470-6680-5
定　　价：39.80元
联系电话：024-23284090
传　　真：024-23284448

常年法律顾问：王　伟　　版权所有　　侵权必究　举报电话：024-23284090
如有印装质量问题，请与印刷厂联系。联系电话：024-31255233

目录

第一辑 菖蒲幽远

菊花禅 / 3

桃花误 / 6

海棠好媚 / 10

桐花如常 / 14

菖蒲幽远 / 18

人在翠阴中 / 22

素色夜来香 / 26

陪着昙花盛开 / 29

芭蕉过雨绿生凉 / 32

一架扁豆,一架秋风 / 35

一素到底南瓜头 / 38

和气萝卜 / 41

第二辑 寒枝精神

落　难 / 47

戏　台 / 51

肃　苑 / 55

老　墨 / 58

小　砚 / 62

寒　枝 / 65

书法之冬 / 69

无用之美 / 73

眉上的风雅 / 77

人散后，就剩下了戏 / 81

《牡丹亭》里的小人物 / 85

第三辑 白杨萧萧

惊蛰雷 / 91

春六帖 / 95

大雪茫茫 / 102

霜　荷 / 106

梅　心 / 110

萧萧白杨 / 114

千年紫柳 / 120

看　云 / 123

吃在秋 / 127

知母，知母 / 131

杜仲那么疼 / 134

当归不归 / 138

第四辑　新凉微茫

彼　岸 / 145

幽　居 / 149

他不知 / 153

去远方 / 157

花开得意 / 160

新　凉 / 163

夏夜宜赴约 / 167

忽有斯人可想 / 170

令人心疼的事 / 175

买得青山好种茶 / 179

我打算这样老去 / 183

等花开好，我就回家 / 186

第五辑 单车时光

夏不像夏 / 191

冬应无雪 / 194

父亲的年 / 197

天下母亲，无不自私 / 201

骑单车的时光 / 205

露天菜市场 / 209

茂　密 / 212

鸟　喧 / 216

绍兴四叠 / 220

湖上生明月 / 231

巍巍无为大堤 / 237

行到桐庐便忘老 / 241

第一辑 菖蒲幽远

时间流逝里,是泥,总会一层层沉淀下去;是水,终会清得能映出一轮皓洁的月来。只待一个适当的时机到来,让一个遭受熬煎的心灵恍然顿悟。

菊花禅

曾经，常去庵里走走。去庵的路上，会路过一丛菊花。

那时候，人陷在一段情感沼泽里，左右奔突，寻找出口，日子乱得如一堆挂满枯树枝的渔网。于是，无着无落时便去庵里走走，也偶尔面对高堂上一张张佛的脸，问来去的路。

夏天去庵里，会穿过一条细细的巷子，柳条一样细。在巷子的墙根下，卧着一大丛绿色植物，有的长在水泥路边裸露的石子里，有的长在墙根下的砖缝里……想那些根，也一定是一只只苦闷的脚，在泥土和砖石间艰难地寻找方向吧。来来去去，这一丛绿色便蔓延进了心底，但依然以为是野蒿。我的心里何尝不是挤着一丛乱纷纷的野蒿呢？

秋天的时候，天空似乎被陡然撑起来，格外高远，阳光如同新擦去陈垢的瓷器，心里也一点点亮堂。依然去庵里，已经成了习惯。路过小巷的墙根下，远远看去，明艳艳的一片，近处细辨，原来是菊花。想来应该是茶菊一类的，花朵纽扣一般大小，叶子也比花市里的菊花要小，要瘦，要薄，难怪不曾把它认作菊花。整整两个季节，这一丛植物就在这一处背阴的墙根下生长，以野蒿的身份，清寂地生长。此刻，这千万朵黄色的小花是它们新睁开的眼睛，它们曾经一叶一叶地探着走过春夏，如今，终于可以看见一片空阔清明的秋空。

不知为什么，心里像照见了光似的，仿佛一袭发了霉的黑幕布拉开，前方的舞台上，灯光人影，依稀可辨。我知道，自己向佛问了一季的困惑，终于在一朵朵黄色的小菊花上得到释然。蹲下身，摘一朵，凑过去嗅，清香，清幽的香，香里有恬静而内敛的心思。总觉得，这一丛离庵不远的菊花也得到梵音浸染，于是里里外外，一花一叶间，都有了禅意。

那么多求佛问路的人，路过小巷，路过菊花，匆匆来去，没想过为一丛绿叶停一停，没想过去过问它们是不是一丛菊。菊花无言——生命中难免有一些暂时的错认吧，所以，它不急，它该长叶时长叶，该开花时开花，哪怕凌霜而开。而人生的许多疑惑，原来不须急于求解，急于追问一个明朗的确定。时间流逝里，是泥，总会一层层沉淀下去；是水，终会清得能映出一轮皓洁的月来。只待一个适当的时机到来,彼时,哪怕是一缕风、一朵花、一根草,都可以让一个遭受熬煎的心灵恍然顿悟。如茧,无处不可以成蝶。

周敦颐说:"菊,花之隐逸者也。"我想,诸花之中,菊大概是最有一分禅心的了。因淡定而归隐,因归隐而愈发内心宁静,一步步修出禅心。一个人的情感,也该是这样,隐在时光之后,一点点褪彩祛垢,内心也将慢慢走得冲淡宁和。

冬枯春发。春天的时候,再去庵里,路过小巷,拔了几棵小菊苗放进包里,回家栽进精致的花盆里,早晚浇水,叶子还是萎谢,到底没栽活。它有自己习惯的生长环境,它有自己的场,它懂得坚守与摒弃。它坚守淡处见真的土壤、空气、水与阳光,它摒弃种花人浓情厚意的侍养。

多少年后,坐在简朴的书桌边,泡一杯菊花茶。闲闲地翻书,等与不等之间,小半个时辰过去,揭开盖子,看见三五朵指甲一般大小的小白菊悬在清水里,淡淡地漾,宛如清秋午后西墙头上经过的几片浮云,轻盈、闲淡、通透。菊香隐约中,想起当年的庵,似乎又听见梵音自远方传来。

桃花误

春天，总要和桃花见面的。

"去年今日此门中，人面桃花相映红。人面不知何处去，桃花依旧笑春风。"第一回读到关于桃花的诗句，却是在一本翻得半烂的课外书上。书里，两个地下党人的接头暗号竟是这四句诗。从此，文字里的桃花在我心里便罩上了一层神秘的雾霭，远远近近，兜兜转转。

后来，终于在初中语文课本后面端端正正读到这四句诗，是崔护的《题都城南庄》，情怀怅惘的一首诗。说这崔才子去京城长安应试未中，落落寡欢，某日喝了一点小酒，然后折去城南郊外散心。却看见了一户好人家，门前花木丛萃，只是寂若无人。崔才子于是叩门问茶，一个桃花一样艳丽的姑娘递过一杯茶来,然后伫立在一树盛开的桃花枝下,看他喝茶。翌年春天,崔才子再去寻访,却是门户紧闭,再不见伊人。同样的春天,同样的城南桃花人家门前,佳人杳然,只剩下一树桃花在风日里满满当当盛开,不知道它记不记得去年发生的那美丽一遇。崔才子情怀怅然,郁郁难遣,于是在人家门上题下了这么四句,留下一个流传千年的美丽的遗憾。重访伊人却不遇人面,再浩繁美丽的春天,对于崔护,都黯然失色了吧?是春天误了他?是桃花误了他?

许多年前,我还在学校里不紧不慢地读书,城西的石涧有一大片桃林。春天来时,同学相邀着,坐三块钱的三轮车,去石涧看桃花。回来,一个个像辛劳的小蜜蜂采蜜回家,包里塞满"人面桃花相映红"的照片,说是留着将来老了时再拿出来看。我没去,我坐在上铺,荡着两条腿,很是不屑。老,还远着呢!人生需要这样遥远地、细针密线地铺垫设计吗?

那些个同学看桃花的春天里,我在忙着恋爱,我像个娴熟的裁缝,把学习之余所有时间的边角料都缝缀起来,绣了花,给他。春风透过木格的玻璃窗子,在我湖水蓝的帐子上掀起涟漪,同学们在帐子下面又交流着花开的消息。我默然,心里计划着,将来,我要和我的爱人一起,隆重地去看桃花。那时,我们抬头,会看见桃花开过了枝头,开到云边;上山的路上,溪水蜿蜒,瘦瘦长长,上面飘着三两瓣桃花,如同一个个盖上去的红邮戳,悄悄为我们指引桃林的方向。

然而,我终究还是误了那一片桃花。

有一次,去巢湖,路过石涧,看见人家门前的一树胭脂红,在细雨里开开落落,忽然想起:石涧深山里的那一片桃花,我至今还没看呢!是啊,毕业已经十好几年,我每去巢湖都要路过石涧,却匆忙得从来没起过半途下车的心思,看一看早年就筹划相见的桃花。桃花在,我也在,只是机缘似乎总是不在,人生的遗憾便是这样生成的吧?我不知道自己到底会在哪一个春天的假日,能够从俗务里抽身,来到一片桃花如海面前,鼻子上沾着三两滴春雨,凑过去,凑近花枝,像蝴蝶穿过花丛一样优雅和随意。将来的某个春日,也许,这些桃树已经枯死,新一拨的桃树已经长成,细细弱弱的枝上桃花开如振翅的彩蝶,看花人中,我是蹒跚的老人。那将多么令人感慨!人生似乎总是有遗憾的,不在此处,便落彼处。

前段日子,一个人在家里看电影《爱有来生》,泪流满面。男主角阿明爱着女主角阿九,可是却在一场家族间的仇杀中双双死去。他们死前约定了下辈子再聚,可是下辈子阿明等来的阿九却已经是一个幸福的妇人,她已不认得这个上辈子的爱人——一身僧衣的阿明。本来,我以为,这又是一出充满遗憾的爱情故事,可是影片结尾阿明的一段话却让我顿悟。

阿明说:"我想给她的一切,她都已经有了,其实我想要的,不就是给她幸福吗?"如此一说,这依然是一个圆满的故事。是的,只要她好,就是圆满。何必在意她的幸福一定是自己手栽?她的笑颜一定在自己的庭院开?

回头再看崔护的遗憾,怅惘便如山中烟岚在朝日里层层散去。在唐朝的那个春天里,那个人面桃花的姑娘,那一日,她不在柴门后面,不在桃花树下,我们多情的崔才子错过了与她的重逢。可是谁会想到,那日的她,兴许正走在花木扶疏的回家路上,提一篮芍药、一筐兰草,一路的春光身前身后跳跃,恰到好处地衬着她的绿裙红袄。或者,她已经嫁人,在另外的一棵桃树下,在另外的一个年轻淳朴的小伙子的眼里,笑颜如花。

春天再来的时候,我坐在窗子底下,遥想着石涧深山里的桃花。此刻,拂过我的春风,转身远去之后,还会抚摸那片深山桃枝上的花蕾,一朵,两朵……开成浩瀚的海,被一些欢喜的人群赏着、叹着。而我,也会在一个又一个的春天里,在一些乡村人家的门前,很自然很随意地和另外的一两棵桃花撞见,生一样的欢喜。

桃花在开就好。

人生中的许多事情,一面看去,是错过,是遗憾,但是另一面,是圆满。

海棠好媚

春分之前,春雨霏霏,春风微冷。跟一帮友人去铜陵的西湖湿地。在湖边走时,遇见海棠。

看,那是海棠!我眼前一亮,如旧时文人踏青,乡间遇见艳艳美人。

大家都驻了足,静静去看。海棠花蕾圆嘟嘟的,婴儿肥,半垂着,将开未开,是犹抱琵琶的娇艳。

春天开的花里,桃花艳而俗,梨花有仙气,海棠是新娘子,又艳又娇,垂手如明玉,亵渎不得。它妩媚娇娆,又难得有静气。

所以春日出游,可以错过千山万水,却不能错过一树开花的海棠。烟雨蒙蒙的三月天,江南是又湿又暗的水墨画。

可是，海棠一开，江南就明亮了，就娇媚了，就成了女儿家的江南。客居江南的游子，可以未老不还乡，因为还乡须断肠啊。

在内心，我无数次谋划过这样的一次艳遇：在山中，在淡月笼罩的春夜，我路过一树盛开的海棠。海棠花开在月色里，又烂漫又静寂，仿佛闺中人倚门思远，那远人不久就会归来。我遇到那树海棠，我就不走了，我要借住在海棠树下的那户农家里，夜里开窗入睡，床头看月色如将落的海棠，朝起看海棠落满小桥流水。

春暮天，最浪漫的事情，大约是出游时，遇到一棵海棠树。海棠花纷纷扬扬，在风里，在半空里。人儿独坐花下，花落满衣襟，可是却不生哀感，只觉得美好。海棠花里似乎有一种暖暖融融的情意，可以盖过落花的忧伤凋零的哀戚。

海棠妩媚而明艳。它不会是《红楼梦》里林黛玉那样清冷有仙气的女子，也不会是薛宝钗那样富贵雍容的女子。它可能是薛宝琴那样的姑娘，美艳里没有杂质，没有妖气，没有尘俗气，是纯真的美艳。

张爱玲说平生有三恨，一恨海棠无香，二恨鲥鱼多刺，三恨红楼梦未完。

这"三恨"有些苛刻了。海棠无香也很好，因为海棠太娇媚了，颜色和形态已经美得叫人沉溺，若是再有花香来缠人，那真是让爱它的人爱得万劫不复，没有退路。这样的爱，一念起，就到了绝处。

所以，海棠无香，像是一处留白，可以让人舒口气。

苏轼有一首《海棠》诗：

> 东风袅袅泛崇光，香雾空蒙月转廊。
> 只恐夜深花睡去，故烧高烛照红妆。

苏轼爱海棠真是痴绝，在春夜深深处，剪烛在窗边，不为话春雨友情，不为读书临帖，却是为了一盆盛开的海棠花。

唐玄宗曾有一次登沉香亭，召杨贵妃，可是贵妃醉酒还未醒，被人扶来见皇上，姿态慵懒可爱。唐玄宗爱怜不已，笑道："岂妃子醉，直海棠睡未足耳！"

苏轼和唐玄宗，都是懂得怜香惜玉的人。苏轼眼里，最娇艳的花完全可以当成美人来郑重待之，燃一支高烛，与花对坐相望，隐隐约约的花香里都是美人情意。唐玄宗眼里，美人娇媚如春花，只愿花开年年总不败，哪里舍得责罚——虽然贵妃醉酒，见了皇上已不会下拜行礼。

从前，我养了一盆贴梗海棠，春天开花，果然是夜色下花朵最美。花盆坐在阳台外，夜色越黑，那花越显得红艳，仿佛《诗经》年代天黑才入门的新娘子。

有一种美,便是海棠吧,人世间有百媚千红,我只爱你这一种。

海棠,海棠,当我轻轻呢喃时,只觉得有一个艳丽娇俏的女子,站在春日的城墙上,她裙袂飞扬,可远观,可静赏。

海棠,海棠,她走过小桥和柳堤,环佩叮当,那轻灵的玉器相碰的声音,在风里,清远悠扬。

桐花如常

不喜欢桐花多年。

觉得它肥俗，香气浓烈到撞人。落花时，样子邋遢。

在我们江北，谷雨之后，桐花最盛。

少年时居住的老宅西边，有一棵桐树，是白桐，也叫泡桐，粗壮、高大，枝叶覆满头顶天空，指手画脚。我放学回家，穿过开着无边无际紫云英的田野，老远看见我家屋西的桐花白发苍苍地开上云天。桐花下，炊烟升起，猜想母亲一定正手忙脚乱地做饭呢。桐花浅浅的粉紫，隔着春暮的天光烟霭看去，竟像是颜料在水里化掉了，化成一团不干不净的灰白色。这样的灰白色，是薄凉的，像日子，不过节也不做喜事的乡下日子，寻常的日子。

有一回，朋友跟我描述她在乡间看到的桐花有多美，我心里想笑。桐花能有多美？我想起从前我家的那棵桐树。春暮的雨愁愁长长地下，屋外的墙角处、腐烂的树根边都生了一簇簇的野蘑菇，肥厚的桐花花瓣铿然坠落，砸在滑腻的湿地上，混进潮腥的野蘑菇丛里，然后一起腐烂。空气里，桐花的味道又湿又重，缠绕不散，像玄奥难解的命运。夏天，算命先生坐在村口的桐树荫下，一卦一卦地算。他说人在命运里走，总也逃不掉。命运如网，缠绕不散。

母亲喜欢请人算命，给家里每个人都算。一回是抽牌，母亲让我抽，我抽出一张，展开看，是一个女子，骑一匹白马，又矫健又威风。图边说的是什么，已经不记得。只记得，我是喜欢那匹马的。其实我也想骑上那匹马，逃。逃离乡村，逃离我妈妈我奶奶那样的生活和命运。我不想自己就像一朵桐花，开得那样粗陋，那样没有花的样子。花的样子应该是轻盈的、鲜丽的，香气袅袅像细细的柳丝，或者像下下停停的春暮的细雨。

如果做花，我不想做一朵桐花。

像逃离一场指腹为婚的旧式婚姻一样，我试图以自己的不甘和倔强来逃离古旧乡村，逃离古旧的生活方式。我追随理想，试图走一条和别人不一样的路。出门读书，风花雪月地写一首首朦胧诗……我以为我成功逃离。

暮春的一个黄昏，散步，路过一户人家的院前，竟是久久流连不去。那是极普通的一户农家，两层半旧的小楼，门前用竹篱笆围出一小块菜园，里面种瓜种豆。房子东边，立一株高大桐树，紫色的桐花累累簇簇盛开，远看去，花开灼灼，闻上去，花气熏天，如蒸似煮。房子无人，静悄悄锁了门，只有那一树桐花火辣辣地开，繁花照眼明，也庇护着小楼和院子。

一块园，一树花，一户人家。静谧，安稳，寻常。寻常中透着人间烟火的亲切和盈盈的美意。

桐花到底还是美的！

回想少年时，偌大的桐树荫下，坐着三小间覆有青灰瓦片的房子，我踩着满地潮湿的桐花去上学。那画面，隔着二三十年的光阴，现在回头看去，才看出了一种人间的简静与清美。

寻常朴素的物事中所包含的美，要过完小半生才能懂得。就像过完小半生，才懂得平常心的可贵。

我在单位大院里开荒种菜，种没有农药没有生长激素的蔬菜。十指纤纤，不弄墨，弄泥土：希望儿子在我身边成长的年月里，可以吃到最健康的菜，也一慰自己初进中年渐生的求田问舍之心。

一次，跟文友说起种菜，说起农事。他说他从前什么样的农活都干过,每年割稻子,最后一镰,他会割在自己手上,提醒自己逃离。我听了,内心有急雨经过,一阵潮湿。是的,我们曾经都是逃离者。可是,如今我们说起油菜花,说起三四月的秧田,内心止不住地觉得亲切;看见庄稼,总觉是如遇故人。回头看人生,还是认同挖一口塘、种几亩地、生养两个孩子的日子是庄严安稳的。

寻常是美,朴素是美,这样的美,又极庄严。

原来一直不曾逃离:对抗了小半生,最后,还是喜欢桐花;逃了小半生,最后还是愿意俯身低眉,做一个母亲和妻子。

如果是花,自己还是一树桐花。在尘世之间,一花,一园,一人家。

桐花如常。一切如常。

菖蒲幽远

少年时,喜欢眼前繁花盛开,绿叶丛中红花、黄花、紫花千朵万朵堆叠……喜欢那些艳丽之色沸腾出密密匝匝的热闹。中年之后,心绪转淡,开始喜欢那些静悄悄的绿叶了,尤喜那些生长在僻远水边的植物,比如柳、苇,还有菖蒲……

想想,还是菖蒲最合我意,因为菖蒲别具一种幽静和清远的气质。

南方多雨。在漫长的雨季里,植物们似乎都在夜以继日地奔赴前程,那些开花的和不开花的植物们,叶子都被雨水浇灌得肥肥的,志气高昂。那些密不透风的绿色,一刻不停地在向四周扩展,向空中攀登。在南方浓稠漫溢的绿色里,每一棵植物似乎都怀着主宰大地的野心。行走在这样的草木之间，心里无端就有了拥挤之感，就生出了焦虑。

这样的日子，我喜欢去水边。穿过枝叶茂盛的林荫道，仿佛从千军万马里突围，终于抵达一片水域。在那里，只要远远地看一眼浅水处生长的一丛丛菖蒲，我的心就静了，就开阔了。

菖蒲低低生长在水边，它的绿似乎是经过沉淀的，绿里透着墨色，接近黑夜之色，有幽静感。那样的绿内敛凝重，与喧哗的声色世界保持着一段清冷的距离。菖蒲不似柳、苇那样一心向着高处生长，带着膨胀的欲望。菖蒲在低处，沿着横走的根茎，平平仄仄一般，一节生一处新叶。它在幽暗清凉处，沿着水平方向渐走渐远。

水边丛生的菖蒲，适宜远看。一点点稍远的距离，隔着小半个球场那么大的水面，最先映入眼帘的是菖蒲的倒影。在满世界疯长的绿色面前，菖蒲那并不高大的身影倒映在向晚的水里。青绿色的倒影像矮矮的城墙，合着水上微茫的水汽，以及弥散在水底的晚霞，一起构成一幅微微颤动的琉璃世界。在这个琉璃世界里，低矮的菖蒲用它并不辽阔的绿，给晚霞降温，给晚霞脱色，直至一切融合成为苍茫冷寂的黛蓝夜色。

我曾无数次坐在暮晚的水边，坐在菖蒲对面，半是真切半是渺茫地凝望那菖蒲，心底常常莫名涌起感动，就觉得那一丛静寂的菖蒲，像我的未曾谋面或是较少谋面的友人——这一定是生活在远方的友人，与我隔山隔水隔岁月，甚至还隔着纷扰的世俗烟火。这样的友人是不追世俗热闹的，是隐居的，是心静如水的。这样的友人，虽然与我遥隔山岳，但在这个我与菖蒲相对的黄昏，他们与我同样沉淀在浩茫的寂静里。因为一种邈远，时间里反倒充盈着一种无须命名的情意。

在草本植物的世界里，人们青睐的大多是那些能开花的草本，它们或者散发芳香，或者养人眼目。菖蒲也开花，但开得内敛低调，初开的花色似乎是一不小心被稀释了的绿，接近芥末色。那芥末色的花从两片扁扁的剑形叶子之间探出来，很惭愧似的，对你悄悄伸出一截食指："嘘——别说话哦。"就是这样，开得静悄悄的，它不以开花为要务，它仿佛只为清洁虚寂地立着，呈现一种意义。

而菖蒲，文人雅士会把它供养在书案边，用寥寥一丛绿色来养心。我养过菖蒲，在书房里养，也在办公室里养，浅浅的一只白瓷碗里放进几颗鹅卵石，卵石间隙立起几片深绿的细叶，那姿态像是驻足江湖独自沉吟的诗人。这样的一盆菖蒲清供不远不近陪在身边，有时忙碌中一抬眼看见它，便倏然觉得周遭的空气也清凉湿润起来，虽然身在闹市也有了隐居的情趣。是呀，我隐居在一丛菖蒲的幽香里，隐居在这个星球上能看见月亮升起的阴性那面。

养菖蒲,便是这样给自己养一方邈远而清幽的精神之所。

许多年前,在乡间老宅的屋后水边,有一大丛菖蒲,是父亲当草药来种植的。在许多个雨后的黄昏里,我站在水边的石阶上,看透亮的水珠从菖蒲那近乎蜡质的叶片上径直滚落下来,仿佛圣洁的洗礼。在菖蒲那里,它是连一滴水珠的光芒与修饰也不要的。

菖蒲是药。一种幽远的情怀,也可以是药。

人在翠阴中

初夏之夜,窗外在下雨,听见蛙鸣。并不稠密的蛙鸣,从楼下的小河边传来,听觉里就有了清凉的湿气。觉得这样的夜晚在蛙鸣里,真像宋人的小令,三句两句,唱唱停停。

合上书本,合上眼睛,恍惚看见蛙鸣里层层叠叠浮起了团团绿荫,那是莲荫。

不记得是在哪里看过的一幅画,画里翠盖微斜,雨珠弹跳,一只绿色的小青蛙懵懂憨厚,呆呆坐在一茎莲叶下。那小青蛙坐在莲荫下看什么呢?看池塘青草?看白雨跳珠乱入船?看岸上匆忙赶路的行人?看与它无关的纷纷扰扰辛辛苦苦的红尘?

还记得,那个少年的我就那样被一幅画给迷住了,我多想做那样一只小青蛙呀,可以野在外面不回家,可以蹲在一枝硕大的在雨里起伏的莲叶下。

我记得,似乎在哪里见过一幅莲荫下避雨的画。一个小男孩,趴在草地上,趴在莲荫下,手托腮帮,肉乎乎的脚翘在莲叶后面,藕似的。我喜欢那样的画,他就像我懵懂的小弟弟,就像我们曾经在乡下度过的那些童年光阴。

在乡下,在童年,我们喜欢刮风下雨,然后赤着脚,冒着雨跑。明明应该老老实实待在家里,可是偏不。我们举着笨重的大雨伞,或者举着大人的草帽,一路奔跑,到树荫下,到草垛下,到荒僻的老屋檐下……

我们喜欢跟大人们隔着一场雨。而我们,也在避雨。

唐诗的插图里,常常有牧童。春天,那牧童骑在牛背上吹笛。夏天,那牧童还骑在牛背上,只是,牧童头上常常顶着一片莲叶。我们这个江北平原上,也有养牛的人家。童年时,邻村的那户养牛人家,雇了个放牛仔,从山里来的,据说家里穷,十五六岁的样子,算不得牧童了,可是在夏天他依旧是唐诗里的牧童打扮,头顶一片莲叶。我那时同情他不能上学,到别人家放牛谋生,却又在心里悄悄羡慕他日日头顶莲叶放牛归来。我想象着,他放牛时,牛在江堤上吃草,他在柳荫下睡觉,脸上罩着一片新采的莲叶,清香袅袅。也许,他头下枕的也是莲叶,肚子上盖的也是莲叶。也许,他不睡觉，他下了莲塘，干脆藏身在莲叶下避阳，然后脚踩嫩藕出来吃也不一定……

似乎是因了那些画，因了童年的那些想象，此后每路过一片莲塘，总忍不住停一停，总忍不住伸手掐一片莲叶，举在耳畔，举到头顶。莲叶下的我，多像一直梦想要做的青蛙；我在那阴凉里，心里微风荡起，清凉安妥。烈日不在了，风雨不在了，一枝莲荫像一座屋宇，可佑护二十四个节气相牵连的长长光阴。

宋人毛滂有一阕词《醉花阴》：

檀板一声莺起速。山影穿疏木。人在翠阴中，欲觅残春，春在屏风曲。
劝君对客杯须覆。灯照瀛洲绿。西去玉堂深，魄冷魂清，独引金莲烛。

我喜欢这阕词，只是因为喜欢词里这一句"人在翠阴中"。虽然千万回梦想做一只蹲莲荫的青蛙，但终究不能，终究要长大。长大了，能有一团翠阴，将自己暂时掩没一下，也是人间一大自在。

朋友家里养有一盆莲，夏天，莲叶茂盛成荫。一日，她女儿在暑天放学回家，看了那莲，竟说："妈妈，我真想睡在莲叶下乘凉!"

朋友跟我说时,我忍不住莞尔。一个十几岁的女孩子,可不就像我当年,明明个头已经赶上妈妈了,可是,看到那团团莲叶,竟就以为自己是一只青蛙或一只蚱蜢,可以弛然而卧在莲叶下,享受一片叶子覆下的清凉。

我慢慢知道,有一天,我们长大,青蛙也离开了莲叶下,青草池塘在秋霜里荒芜,无归之时,还有一处莲荫,在笔尖种下,在心头种下。

心安了,莲荫不败,清凉一直在。

素色夜来香

夜来香是寂寞的。

在未识夜来香之前,想象中,觉得夜来香是妖艳媚人的,媚得浓情蜜意。它是一株怎样的植物呢?它开出的花朵,该是血色罗裙一样吧,灼灼的,求慕者的目光纷纷跪拜下来。

我一直以为,那个在十里洋场的上海滩演戏唱歌的周璇,就是一枝夜来香。"夜上海,夜上海,你是个不夜城。华灯起,车声响,歌舞升平……"蚕茧一样紧紧包裹着长旗袍的她,在华灯与掌声之间,对着麦克风轻轻摇曳着袅娜腰身。她是晚霞映照的湖面下的曼妙水草,五陵少年绅士贵族的目光游鱼一样在她身旁来回穿梭。直到美酒污红裙,夜色阑珊,长街灯火暧昧如酒后情人的眼神,方才曲终人散。黄浦江畔的一座城市都为她夜夜魂销，她是一枝神奇的夜来香。

有一年夏天，舅舅来我家，闲聊中扫视我花草半零落的阳台，道："明天我送你一盆夜来香吧！"舅舅爱侍弄花草。第二日，果然送来了，只是，实在令我大失所望。所谓夜来香，竟是这样貌不惊人！枝和叶，都近似于桃树，绿色的花骨朵，简直是一簇燃过已灭的火柴棒，何曾有桃花的娇羞妩媚。

夏天的夜晚，夜来香如约绽放，花香如沸。一朵朵淡绿的小花朵，挤着打开小小的花冠，像一窝刚出壳的鸟儿张开嫩喙来。那浓烈的花香就是它们想要絮絮道来的情意，只是，这样的浓情厚意似乎找不到一对愿意倾听的耳朵。

听人说夜来香的花香是有毒的，因此，我把它放在阳台外，回头关上玻璃窗，然后隔着窗子端详那一簇簇怒放的花朵，嗅着游进来的几丝花香，怀着贪婪又忧惧的心。

戒心重重又不无欣赏地隔窗望着夜来香的花朵，想着它这小小的身体，在夜色下，竟爆发出这样气场强大的芳香。然后在露水初干的清晨，又倏然收拢花瓣，芳香隐逸。大开，开过，大合，收场冷峻决绝。热闹给别人看，不忘形；寂寞独自担，无怨艾。

有一日，偶然翻中药书，才知夜来香也是一味中药。它的叶、花、果都可入药，有清肝、明目、去翳、拔毒生肌的功效。中医里认为它性味甘、淡、平。读书至此，不禁为阳台外的那盆夜来香感到委屈。我那样害怕它的芳香，却不懂这散发醉人香气的夜来香却有着清淡平和的内在。

开在黑夜里，难有人眷顾回眸；有着浓烈花香却境遇冷清的夜来香，是寂寞的。而唱着《夜上海》的周璇虽然周身璀璨，却也不过是想要一桩普通安稳的婚姻来安放浮萍样的身心，然而三次婚恋都是善始不能善终，最后竟于三十七岁病逝。她辉煌而短促的一生，那寂寞的基调，怕也只能用阿炳的那把二胡才能嘶哑着奏出来吧。

夜来香是素色的。寂寞是素色的。

陪着昙花盛开

朋友发了几张昙花开放的照片。两朵瓷白瓷白的花，相互依偎着，像少女的笑靥。那两轮浅陷下去的酒窝，真是美。我回她：这样的花，应该坐在身边，陪着它开。

昙花几乎只在深深的夜里开放，彼时残月在天，星河欲曙，而人间万物阒寂无声。睡梦中的人们，有几人有耐心去守候这刹那芳华？美则美矣，却依然容易错过。

一直想养一盆昙花。在书房里养。珍重伺候一春一夏，在秋夜，静心等待它的盛开。我会沐浴更衣，穿素白的裙子，搬一把老藤椅，坐在花旁。会放一首极其空灵悠远的音乐，焚上三支奇兰香，放下书本笔墨，隆重又情思淡远地守着一朵花的开放。内心三分欢喜，一分悲戚。欢喜是因为美丽，悲戚是因为短暂。简直像青春和爱情啊，那么美又那么匆匆。

昙花又叫韦驮花。第一回读到"昙花一现，只为韦驮"这八个字时，惆怅良久，不能释然。传说昙花和佛祖座下的韦驮尊者有过一段缠绵悱恻的过往。那时候，昙花是一位纯洁美丽的花神，有一个年轻的小伙子每天来给花神锄草浇水，于是花神爱上了日日赐她以甘霖的人。这事被玉皇大帝知道了，玉皇大帝勃然大怒，生生拆掉相爱的一对。男的被送到山间习佛，赐名韦驮，意思是要他忘记前尘往事，忘记美丽的花神。女的呢，被贬到人间，成为昙花，只在深夜里的一刹那开放。一对爱人永不相见，永远相忘。可是花神不能忘记韦驮，她知道韦驮每天都来山上采集露水，为佛祖煎茶，于是便选择在那个时候开放，希望采露的韦驮能认出她来。可是，韦驮没有去认，也许他真的已经忘记前尘，也许他身为出家人已经不能去认。就这样，昙花夜夜开放，夜夜错过与她的韦驮睹面重逢。

一刹那是盛开，是芳华灼灼。一刹那是凋落，是黯然收场。

那天读到一句宋词："春日游，杏花吹满头。"读过怅然，觉得好美，可是又美得疼痛。暮春天气，人在花下，风起时，半空满是缤纷盛美的杏花。然后风息，花落，落得满头满肩满袖。再美都惆怅，因为袖子上的这一朵永远不能再回枝上了，肩膀上的那一朵也永远不能再在春风里浅笑了，明年的枝上杏花再开，都不是今天落下的花了。

原来，所有花朵的开放，都是一次有去无返的单程。再盛大绚丽，也是单程。

我能做的，大约也是，在一棵杏树下走得慢些再慢些，陪一树杏花飘落。算是有情，算是不负。

美好的时光，其实就像昙花开放，多么短暂。而我终于懂得，在生命里的每一朵昙花开放时，怀着虔诚之心陪着，陪着刹那，陪着永远。

芭蕉过雨绿生凉

至今不忘的是同桌送我一张风景明信片，画面是一丛芭蕉，翠色欲滴，上面有水珠滚动，扑面的凉意。记得画面一角还印有诗句，最后一句叫"芭蕉过雨绿生凉"。我喜欢得紧，后来一直收藏着，直到离家读书后才弄丢。

多年后才知道这诗句是白石老人的。他曾画过一幅水墨芭蕉，叫《雨后》，上面题了诗句："安居花草要商量，可肯移根傍短墙。心静闲看物亦静，芭蕉过雨绿生凉。"

我还欣赏过白石老人的一幅芭蕉图。是好大的一片芭蕉叶，墨色浓郁，湿意透纸。叶柄处一只小蚱蜢爬来，翘起一对触角，好像在喝芭蕉叶上的凉水，又好像是坐在叶面上临风纳凉。用笔有静有动，墨染处，既横阔又细致，真是生动有趣。一看，就想起童年，想起故乡，想起旧时物事。

童年时，外婆家门后也有一丛芭蕉，长得高过屋顶，远看是一片丰硕壮阔的绿。外婆家住在濒临长江的一个沙洲上，我那时每到假日就去。穿过一片平坦开阔的沙地，远远看见外婆家屋后的芭蕉叶围得像座绿色古堡，心里就沁出喜悦来。葱绿的芭蕉丛后面，是一扇木门，上面方方一块红对联还没有完全褪色。红绿映衬之下，觉得日子也是斑斓多彩的。那时候，还没完全体会到贫穷的哀戚，只是以为，在尘世之间，有那样的一户人家，跟我永远亲密，便觉得满足。

外婆的晚饭总是很早，于是就把桌子端放在芭蕉叶下，好躲掉夕阳。后来看电视剧《西游记》，看到《三调芭蕉扇》那一集，竟痛恨起孙悟空来，且还替铁扇公主感到委屈和不公。铁扇公主的扇子用嘴一吹，就大起来，扇起来呼呼有风，那就是我外婆家的芭蕉叶呀。在芭蕉叶下，外婆一个人带着舅舅和姨娘一群孩子，日子过得清贫寂寞，却也闲淡安静。在那样一个滨江的沙洲上，我融进了外婆一家的日子里，觉得我们过得也像一丛芭蕉，在风雨里摇摆，也在露水里寂静。这日子不够浓墨重彩，可却是素静的、清凉的。多年以后，我已经长大，成为一个妇人，为人处世，我依旧秉持着这种清凉的气息。觉得清凉里，才有情意久长。

上班路上会路过一个小区，小区里栽有一丛芭蕉。因了那丛芭蕉，竟一下子喜欢上那个小区，觉得里面的空气也一定清凉静谧。希望那里住着一个朋友或某个熟人，这样可以借故去他家而顺便路过那丛芭蕉。游苏州园林时，在那些亭台轩榭之间，会看见夏荷修竹，还有角落里的蔷薇和芭蕉。我喜欢那些古典园林里的芭蕉，回家翻相机，一相机的绿叶子。竹子是江南旧式的文人士大夫，荷花是杜丽娘那样的大户人家的闺秀，蔷薇很有丫鬟的泼皮喜相，只有芭蕉，总是寂静含蓄的。芭蕉懂得守静，可是也洒然，也婆娑摇曳，它更像是一个情怀深深的古意的女子，安然在市井烟火里。

　　如果安居可以商量，我想要一所带庭院的房子，要种一丛芭蕉。深秋的凉夜里，在枕畔，听窗外风雨萧然，听雨打芭蕉点点滴滴。在中年之后，伴一丛芭蕉度流年，也横阔也细腻地度过。将过往的红紫芳菲的岁月在内心过一遍，在芭蕉的绿里过一遍，过到往事也有了芭蕉的绿意。人生就这样清凉寂静，不悲戚，也不念念。

一架扁豆,一架秋风

秋风中,与一架累累扁豆相遇,觉得秋色丰饶,寻常巷陌间也有繁华。仿佛那扁豆架是一座紫色的草庐,里面住着淳朴洁净的妇人,她的微笑里有着温暖丰厚的情意。

平常的日月,无惊无艳,但自有一种沉实和动人,就像秋风里的这一架扁豆。

每日出门和回家,会路过巷子口的一户人家,那家院子里种有扁豆。夏天的时候,那扁豆只是在勤快地生长叶子,枝枝蔓蔓,层层叠叠,大江涨潮一般地汹涌堆绿。紫梗绿叶,我知道秋天一定会结紫色的扁豆,因此每每路过那扁豆架,也悄悄怀着一颗甜蜜等待的心。

暮色微浓时,会看见女主人在扁豆架边浇水,整理乱爬的茎蔓。中年的女主人梳着短发，着白底蓝花的棉质家居服，看起来是一个素淡的女子。半开的窗户里轻轻飘出细细的女音，细听是黄梅戏。我不知道这个素淡的女子有没有过崎岖的内心，但我知道，在这个暮色下的小庭院里，她是安然而恬静的。提壶浇水的她，和她的院子一起，美得像一幅风俗画。小庭院，老戏曲，秋风年年吹，时光尽管滔滔地逝去，日子敦实又静谧，这是尘世大美。

植物里，扁豆的生长很神奇。我以为它很有母性，春天一棵秧苗，到秋天已经蔓延得满墙满院都是，简直像母系氏族的部落。从前也种过一架扁豆，在单位院墙边。起初只是孱弱的一根茎蔓沿细竹子往上爬，哪知道一两个月之后，竟肆意葱茏成一片，向着院墙头攀登。秋阳下，一串串的紫耳朵竖起来，像在招手听风，又泛着灼灼的光。我常站在扁豆架边，看它们开出一穗穗的紫花，看那些萎谢花朵里探出弯弯的小扁豆，看那些小扁豆渐渐就拱圆了小肚皮。在秋风微凉里，在暮色灿灿里，看这些成群结队的紫扁豆，会由衷地觉得日子殷实，觉得时光温厚可亲。

吃不完的扁豆我会放开水里焯一趟，然后滤掉水，秋阳下摊开晒干，成为扁豆干。黄昏去阳台收，竟都变成米黄色了，也皱了，好像满面皱纹的老者，阅尽沧桑却又沉静淡然。冬天，和家人一起分享一道佳肴——肉焖扁豆干。相互给对方拣一些卧在碗头,低头深闻,好香!想起秋天的那扁豆架,觉得秋阳的暖、秋风的浩荡都在这一脉菜香里了。在大雪深冬,关门闭户,与家人分享自己亲手种下、亲手采摘,又亲手烹饪的一道肉焖扁豆干,自觉这日子朴实里又透着隆重。希望来年还种扁豆,还这样度着深冬严寒天气。显赫富贵其实没那么重要,没那么迫切,暖老温贫在秋风里,这日子也自有静美和深意。

据说,郑板桥当年流落到苏北小镇时,在自己的厢房门上写有一副对联:一庭春雨瓢儿菜,满架秋风扁豆花。想想,在一个偏僻的小镇,茅檐低矮,过的是清苦的乡居生活,可是板桥先生不以为意,他总能在寻常物事中看出一些动人的美来。画竹的间隙,抬眉看自己这小庭院,菜蔬青碧茂盛,春有青嫩的瓢儿菜,秋有肥硕饱满的弯扁豆,半是为着吃,半是为着赏了吧。物质上简单些,精神上就能走得高远些,宁静淡泊地生活,彰显的是一种风神潇洒的姿态。

清秋出游,去乡间,桂花的袅绕香气里,诗行般的田畦篱落间,总能遇见那些素朴却也蓬勃的菜蔬和水果。而我最喜欢看的,还是秋风里那满架摇动的扁豆。那么寻常,又那么绚丽。那么偏僻寂寞,却又那么欢喜自适。

一素到底南瓜头

在饭桌上，伸筷，遇到一盘清炒南瓜头，仿佛遇到深山水泊处的隐士，内心倏然清凉寂静。

南瓜头，实则就是南瓜藤上的嫩茎蔓，并杂以嫩叶柄。撕去茎蔓叶柄上带刺的表皮，再剪成条状，清水濯洗。细睹篮子里滤过水后的南瓜头，一根根，玉树临风的样子。用植物油下锅，佐以青椒丝或红椒丝，清炒。火要辣猛，翻炒要快。放盐少许，盐多菜显老。放糖少许，糖可以收收野性，增添它的亲和。起锅时拍两粒蒜子，美味告成。

暑热的天气，肠胃脏腑皆成火焰山，唯有一盘南瓜头的盈盈青绿芭蕉扇似的，可救。筷头子上挑几根过来，横在碗边，一碗半碗的米饭妥帖入喉。漫长的暑天时光，在食物里被一寸一寸消解。盼夏天，其实是胃在盼夏天，盼夏天水灵灵的瓜果，以及每天一盘翠绿翠绿的南瓜头。

　　北方也种有南瓜，荒山丘陵的脚下爬满南瓜藤，但我总以为那里的南瓜头不可食，缺少水意。唯有这雨水充沛的江淮地区生长的南瓜头好，它们情意脉脉地长在田间地头、溪畔水边，等人去掐去采。每年清明谷雨之间，我都会在单位大院里的偏僻处种上几蔸南瓜，不为吃那矮胖的黄南瓜，倒真是舍本逐末地为一把南瓜头了。六月天，黄梅雨绵绵渺渺地下，菜园里的野草和菜蔬一起疯长如叛军，南瓜硕大的叶子层层叠叠铺满菜畦和地沟。清晨，去菜园，露水濡湿裙摆和脚踝。裙摆下，南瓜藤纵横交错地爬，野性十足，那茎蔓粗得像怀孕的水蛇。俯身去掐南瓜头，一掐一大把。提回家，一路滴水，有叶子上的露水，也有茎蔓里渗出的汁水。南方的南瓜头，永远是二八年华，含着水意的。

　　有一次，在饭店吃饭，服务员端上一盘南瓜头，用肉丝炒的。一见，恨从脚底起。怎么可以这样亵渎南瓜头呢！格调低下的荤腥，怎么可以挤进南瓜头的怀抱里！南瓜头只宜素炒，永远。它是纯粹的！一颗心素到底，不同流，不合污，不与油滑浅薄者为伍。

　　夏天，在家里，上午的时光总会用来撕上半篮南瓜头。中午清炒，佐青椒，一素到底。碧绿的南瓜头卧在净白的瓷碟子上，一眼看去，只觉民风纯正，山水清明。

吃南瓜头的时候，不知为什么，总会想起明清小品里的那几个人。王思任、张岱、金圣叹、毛先舒……明末清初，居于苏杭，诗酒文章，既有风雅也有风骨，不谄媚新贵，不趋附达官。明亡，一个个，或绝食，或隐居，或不仕。大凡隐士，都是有节之人，隐于偏僻江湖，以疏狂姿态，坚持自己的信仰。想来南瓜头也有几分神似吧。

南瓜头的身份，在菜品里，也只能算是一种野味、一个配角了，而且，永远无法给它加官晋爵——实在想不起，除了辣椒，南瓜头还能跟什么菜混搭起来合炒。南瓜头倔。因为倔，所以纯粹，所以格高。

我在江边小镇，过的也是一素到底的日子：工作之余，写点小文，种些家常小菜，养几样不成气候的花木……自觉，这状态也是野生的状态。偶尔，会指导家人炒南瓜头，提醒他要一素到底。南瓜头有节，成全它。

和气萝卜

读"出淤泥而不染"的句子时,忽然想起萝卜。

萝卜出身于泥土,但从泥土里长出来的它,却是洁白如玉。秋霜里收萝卜,去了叶,去了茎,清水里一趟濯洗,便现出它清白而细嫩的容颜来。

可是萝卜又是多么寻常啊!寻常到走进任意一个菜市场,你都可以看见菜贩的摊位上萝卜堆积如城墙。秋冬时候,再怎样艰难的人家,那热气腾腾的饭碗边都还可见萝卜在安静陪守。我总疑心,萝卜是汉魏甚至先秦时期的公主小姐,她长于金玉诗礼之家,却在频繁的战乱中流落民间,成为市井小民。绫罗当掉,素服上身,就这样与一个普通的男人一起来应对冷暖,繁衍子孙,从此忘记旧日身份。

萝卜，骨子里有贵气，懂风雅，却又这样不言不语地直抵烟火深处。

腊月的农家，腌菜是件盛事。记得幼时，还住在瘦长的小河边，冬日暮晚时候，年轻的母亲围着蓝色围裙在砧板上切萝卜，当当当，那声音嘎嘣清脆如泉水溅落在岩石上。白生生的萝卜条上水汪汪的，像一弯弯小月牙，从湛蓝的天底生出来。腊月萝卜赛过梨，母亲挑一个最大的白萝卜，切去外周，单留一块方形的萝卜心塞到我嘴里。冬吃萝卜夏吃姜，一年四季保安康，母亲说。我嚼一口，又凉又甜，还有一丝隐约的辣味。

一大筐萝卜被母亲切成了一弯弯瘦月亮，薄薄撒上一层盐，翻拌揉压，它们就要成为佐粥的小咸菜。记得那时，我心里隐隐替萝卜叫屈，总觉得那么白润如玉的萝卜是应该成为娇贵的水果，享受礼遇的，而不是低头委身做了小咸菜。冬日早晨上学，路过一家家门前，看见那些芦席上摊开待晒的萝卜干，白花花的一片，白如瓦霜。到黄昏，看芦席上的萝卜干，已换作昏沉的米黄色，一副垂老模样，心下忍不住为萝卜的命运怅惘。

因为萝卜，母亲在冬日成了真正的巧妇，她的厨房也因此而庄严隆重起来。萝卜烧肉，油亮亮的酱色，那时弟弟在萝卜里寻肉吃，可是常常寻错。偶尔，母亲会端出一钵排骨萝卜汤,白融融的汤啊,浓稠如奶汁,一片片萝卜沉在汤底,舀在勺子里,香气扑鼻,白如满月。什么菜都不要,只这样的汤,一碗饭便顺顺当当进了肚子。排骨的味道全被收纳进这萝卜和汤里了。午饭后,踏着泥泞和残雪去上学,田野上北风呼啸,肚子里的那个世界,乾坤安定。

待我成年,成了一个为孩子衣食筹谋的母亲时,一个人在厨房里侍弄一道鲫鱼烧萝卜的菜时,看着锅底突突翻滚的萝卜,忽然感慨不尽。萝卜怕是蔬菜里极具中和精神的一种菜了,它太舍得放下自己,太能低下身姿去成就一道美味佳肴。它不像那些煮不烂的铁豆子,桀骜不驯坚持自己不松手。红烧肉里它几乎要成为荤菜了,排骨汤里它娴静温和如年轻美丽的小母亲。它打开了自己的小宇宙,一片一片拆砖拆瓦,重新建筑,委身于其他荤的素的菜的檐下,成为另一座建筑的一部分。

《本草纲目》里说萝卜能"大下气,消谷和中,去邪热气"。说得通俗些,就是有消食、化痰定喘、清热顺气等功能。想起早年,自己为萝卜的境遇感到委屈,觉得萝卜应该胸怀郁郁不平之气才是——那么美,却那么卑微。现在看来,它不仅抚平了自己的内在,还能给他人理一理腹内的不平气。

冬来腌咸菜,路过菜市场门口那些小铺子前,看见有专卖制作五香萝卜干的配料:花椒粉、桂皮、茴香、明矾……

但我什么也没买。我也制萝卜干,但我只用盐腌两个日夜,然后铺在竹筛上细细翻晒,吃时抓一小把用温水过两趟,滴几滴芝麻油。质本洁来还洁去,不舍得让那些红红黑黑的配料去糟蹋萝卜。实在不舍得。

第二辑 寒枝精神

当一页米白色的宣纸展开,一管羊毫喝饱了墨就动身,每一根线条,或禅或道,都像是阅尽人世沧桑的人最后蓦然回首,转向内心寻找出路。

落　难

"落难"是戏里的说法。民间的村妇野氓说传奇时，常常在落难这一节哽咽得直不起嗓子。

没有落难，便没有戏。

家里有一盒谭鑫培的碟，只能听到声音，想必是从老唱片里灌过来的。在这张碟里，有一段《秦琼卖马》，唱词平白，情感却深沉苍凉。"店主东带过了黄骠马，不由得秦叔宝两泪如麻。"彼时，英雄秦琼作为山东历城县都头，解押十八名江洋大盗至天堂潞州，因天气炎热死了一名犯人，蔡知府不给他批票回文。秦琼无从回去交差，只得困居旅店，盘费用尽，店主催店饭钱，言语甚是揶揄。秦琼万般无奈，只得将自己的坐骑黄骠马由店东牵去在大街叫卖。

《秦琼卖马》的各种名家唱段里，似乎是谭鑫培的最入我心，他的唱腔里有一种西风卷起尘沙飞扬的荒凉悲苦味，沉郁悲慨，有霜气。遥想当年，谭鑫培在台上唱此戏，戏台之下，剧场之外，满目锦绣山河何尝不在落难中。

英雄卖马，文人卖书，都是落难之举，都是极辛酸之事。

明代才子徐渭，有首有名的题画诗，叫《题〈墨葡萄图〉》："半生落魄已成翁，独立书斋啸晚风。笔底明珠无处卖，闲抛闲掷野藤中。"

徐渭满腹文才，却一生未中举，好似明珠不被识，只落得一生寄身江湖荒野。他曾借宿一寺中，方丈室中墙上挂有一幅《墨葡萄图》。方丈知徐渭是大明才子，便请徐渭为此图题诗。徐渭感方丈诚心，便提笔题此诗。落难的人，其实不能提笔，一提笔，笔墨里尽是命运感。

徐渭出身于绍兴一个大家族，但出生不久，父亲便过世。徐渭生母是妾，他出生后便由嫡母苗夫人抚养，十岁时生母又被苗夫人赶走，十四岁时苗夫人过世，徐渭无所依傍，便随兄长生活，然而所得关爱甚少。

虽然年少聪敏才名远扬，但徐渭自二十岁考中秀才后，此后考了二十多年也一直未能中举。其间又逢家道破落，妻子病故。他孑然一身，飘飘荡荡，为糊口做过塾师和幕僚，后因癫狂杀人又经历入狱和出狱。

他能写能画,能操琴,能写戏,是著名的"青藤画派"鼻祖,还"貌修伟肥白"——他才貌双全,可是却被命运一弃再弃。仿佛明珠一般的葡萄,被弃置在荒郊野藤之中。

晚年的徐渭,僻居乡里,贫病交加,经常断炊。他生平喜藏书,晚年为生活所迫而卖书,收藏的数千卷书籍便在这样的清寒潦倒光阴里,变卖殆尽。

上天让一个胸怀济世之志的壮士在辗转不遇中困顿,让一个腹有倾世之才的文人在落魄孤独中成翁。这样的落难,怎是宣纸上的几笔写意可道尽?

太阳今天落了,明天会升起;花儿今春凋了,明春会再发。有"落"就有"升",有"凋"就有"发"。戏里戏外,那些落难的英雄才子们,随着峰回路转的剧情,似乎都有了重新升迁光芒绽放的一刻——命运落地粉碎后,又获得一次辉煌重建。落难之后,秦琼遇到单雄信,宝马复得,又得赠重金以回程。徐渭呢?徐渭的光芒,绽放于浩浩长河般的中国书画史和文学史,可是,他已不知。这是幸还是不幸?

遥忆童年时,在夏夜的月下,听奶奶讲戏。她讲《白蛇传》,讲到中途,语气沉痛,夏夜晚凉的空气里似乎都流荡着一层泪意。永镇雷峰塔——白娘子落难了!我也跟着伤心不已。

每一部戏里,主人公都躲不过一场落难。落难的白娘子,像为爱情出走已经回不来的姐姐,像勤劳能干却不被疼惜的妻子,像孤身打斗也收复不了河山的末路英雄,像我们经历过的某段困守低处不得扬眉的潮暗光阴……

落难的人,是我们自己人。

戏　台

杨振宁故里合肥三河镇，有个古朴雅致又庄重凛然的花戏楼，其实就是一座楼阁式的大戏台。

我去的时候，那戏台上正演《孟姜女哭长城》。身着湖蓝色戏服的演员，在薄暮的风里裙袂飘飞，那唱词自喉咙里婉转流出，仿佛也落花似的被她缓缓抛撒在风里。一个前朝旧代女子的情之凄切与生之苍凉，都在那悠悠飘远的声线里了。

历史是沙滩上垒起的沙堡，一个又一个孩子在垒，又被一阵又一阵的海浪吞没。多少人和事，都已经烟消云逝，只有戏还在。唱本一代一代传，唱戏的最后也会化作一撮尘埃，只有戏台还在。难怪，在民间，戏台被称作"万年台"。

台上，是千万年不变的吹拉弹唱，不变的悲欢离合。

去西塘古镇旅游，也见到一座戏台，建在水上。盖了墨灰色小瓦的三间房子，正中间的一间延伸突出成戏台，上面飞檐翘起如孔雀开屏一样娴静美丽。戏台前两侧是两长串红色的灯笼，戏台的布景是白色底子上盛开一大簇红的粉的牡丹。

我站在戏台对面，隔水看它，想着这牡丹做背景的戏台上，曾经演过多少场浮华绮丽的才子佳人戏。是的，西塘的戏台上只适合演温柔缠绵，对着戏台下缓缓流逝的流水，对着水上的看戏人，对着隔岸的行人……这里如此清幽僻静如同世外，哪里适合演烽火硝烟，演肝肠寸断的蒙冤死别与壮士暮年志未酬？

至于那两侧的厢房里，想必一间的演员们在拭粉换装，一盆盆还残留着胭脂香的洗妆水就那样被就势泼进台下的河水里，跟寻常女子的洗衣淘米水一道，流到远方去；而另一间厢房里，一对璧人正手捧唱本在那里对词，弄丝的在调弦，弄竹的在试音……

鲁迅在小说《社戏》里也写到看戏，是一群八九岁的乡下孩子伴一个城里来的小少爷，晚上划了船去看社戏。也是在水上看的，或站或坐在船头，咿咿呀呀看不懂，只看了一场热闹。鲁迅两次写了那戏台，一次是来时远望，一次是去时回望。来时戏台模糊在远处的月夜中，让人疑心是画上见过的仙境在这里出现了；去时戏台缥缈得像是仙山楼阁，满被红霞罩着了。在一个孩子眼里，戏台如此遥远神秘而美丽，它不属于人间，它是另一个世界里的神仙在灯光与乐声里悄悄掀动了一下裙子，让你看见，却看不真切。

有人一辈子在戏台上，不肯下来，不肯卸装醒来。电影《霸王别姬》里，张国荣饰演的程蝶衣爱着张丰毅饰演的段小楼，两个男人都是戏子，在台上，却一个是美人虞姬，一个是英雄霸王。戏完了，霸王还原成了段小楼，他要娶青楼女子菊仙为妻，过实实在在的人间小男女过的日子。可是虞姬还没有妥帖地下来，他还活在戏台上，还是一个女人，还在爱着霸王。只能是悲剧。我们在台下，替戏子垂泪。

我们垂泪，以为自己是在看戏，看别人的戏。其实我们也在戏台上，尘世是你我的戏台。我们的唱本里，也许没有才子佳人，没有烽火硝烟，有的只是粗线条的生老病死和缺少美感的细节。我们的戏台，没有灯光与乐声来撑场面，它单薄幽暗得像一件陈年的旧手帕子，皱巴巴的，展开来，上面的污渍点染成一朵褪色的红莲。是的，我们也在粗陋的戏台上，却不自知。

一个深秋的夜晚，出门散步，路过一个戏台，上面灯火通明，正在唱地方戏庐剧。一袭青衣的贤惠娘子刚被休，她立在戏台中央正一句一泪地唱，二胡的苍凉乐音低低压在女声里。戏台下，也是一片唏嘘，每一双眸子底下似乎都漾着泪光。

　　人世处处是戏台。

肃　苑

秋雨之后，出门，见一老伯提了扫帚在河堤上扫树叶。

才初秋，微风薄凉如陈年丝绸。地上落的是垂柳的叶子，枇杷黄，上弦月一样清瘦。那叶子铺在地上，多像镜子里新修的美人眉啊！便觉得那老人在初秋的水泥路上，一个人安静地扫着柳叶，是多么风雅！像一个多情的旧时文人，老来在夕光晕晕的桌前，一遍一遍端详爱妾的眉。

《牡丹亭》里有一出戏，叫《肃苑》，这题目就是打扫庭院花园的意思。里面有一个角色，叫花郎。花郎平日里干的差事大约便是养花种草，春扫落红秋扫叶，实在是我向往的一个职业。杜丽娘听了丫鬟小春香的怂恿，看历书后便决定大后日去游园消遣。小丫鬟便唤来花郎，吩咐他要好好儿地扫扫花径。实在是美事。但这美差事被男人侍弄起来，还是不大对味。私底下觉得作者在这里用笔过于粗线条了。

曹雪芹就着墨浓淡适宜了，他安排黛玉在《红楼梦》里扫花葬花，真是风雅啊！一边风日里扫落花，一边吟着《葬花词》，她比美人多了几分书卷气，又比文人多几分脂粉气。记得我少年时候，看《红楼梦》看得把人也掉进书里了，总以为自己也是黛玉，将来要生一场病会活不过十六七岁的。那时候在春天里，伤感像感冒一样来得频繁而容易，在门前的桃花树下，扫落花，然后泼到水上去，让悠悠碧水来收藏桃花一副薄而艳的身骨。而如今，我依然稳稳还在世上，洗衣浆纱，欢喜哀愁。也终于体味出了红楼里黛玉的消亡，不过是要告诉，扫落花的那颗玲珑剔透心，只到十六七岁，再迟再迟也不会过了二十三四。再往后，我们在世上便是俗老的了，与十六岁的从前相比，可不要叹恍如隔世！所有的十六岁，都是要跟着落花一起消亡的。

如今，我早不扫落花了，即使在春暮，风雅也不过是看看人家扫花吧。

扫花是艳的，像戏曲舞台上的花旦穿的大红绣花鞋一样艳。如今我们是素的了，素色的日月，素色的心。欢喜或哀愁，都无关风月了。我们就借着打扫庭院，扫扫落叶吧。

电影《爱有来生》里，男主角阿明爱着女主角阿九，爱得浓痴，可是阿九似乎并没有热烈地来呼应他的爱，阿明心伤至极，终于出家为僧。阿九追来了，站在寺院门外，阿明在院子里扫落叶，仿佛不曾识她。这一回，阿明冷下来了，像一摊落叶被燃烧过后余下的灰烬，那超然与淡然分明是低温的。电影里，那落叶真多啊！着灰色僧衣的阿明在石阶上一扫帚一扫帚地扫，那么多低低飞舞的落叶像他又像她，寂寞哀伤无从说与对方的心听，只乱乱地堆积。就从扫落叶开始吧，开始修行。

从春到秋，从青年到中年，从扫花到扫叶，年华就那样汤汤地流走了，也带走了一颗艳丽的春心，只剩下如禅一般淡然明净的秋心。爱着扫花时，我们是槛内人，爱恨情仇，痴痴怨怨；爱着扫叶时，已经几近槛外人，看透尘世，将身心都当作了浮云。

秋来提扫帚，庭院还是那个庭院，石径还是那个石径，只是扫帚下，春花已换作秋叶。时光越墙而入，在一把扫帚上，轻轻弹奏……

老　墨

墨是苍老的，像老僧。

古人制墨，先将松枝不完全燃烧，以获得松烟，接着要将松烟和一种已经文火熬化的胶搅拌在一起，拌匀后还要反复杵捣，然后要入模成型，晾晒，最后描金。

这样煎熬辗转，到最后成墨时，当初的一截松枝，它的黑色的魂魄真就是走了几世几生！

到了文人雅士那里，提笔蘸墨，在宣纸上，还没落笔，一颗心，先就霜意重重地老了。泼墨，渲染，皴擦，这之后无论点上多少片风里零落的杏花，那山野还是老的，江湖还是老的。水墨江南的春天，也不过是老枝旧柯上新发的春天。可是，这样的春天，总有种深情在里面。

有一次看画展，是水墨画展。有一幅画的是荷叶，一池的荷叶，垂眉敛目地皱缩在秋水之上。是残荷，一色的墨色，好像是整砚的墨都倾倒在宣纸上。那些荷叶，也好像是铁定了心，要往黑色里沉淀下去，永不回头。是看穿了，看破了，不看了，淡月笼罩下一袭僧衣的背影给世人了。我看了，心底苍凉一叹：老了！心老了，所以用墨用得这样纯粹而彻底，不犹疑。

我想，画苍老厚重之物，画风物的内在风骨，墨是最好的染料。千年松、万层岩、秋荷、枯树、瘦竹……都是最适宜用墨的。墨的灵魂在那些风物的形态里住得稳，住得深。墨有那样的沧桑，那样的浑重，那样的内敛。

画家黄曙光在江城举办个人画展，我特意去看。一进大厅，墨的凉意袭来。放眼环视，满目山水，四季风物，真是江山辽阔而多娇。流连画前，看墨在奔涌，在延伸，在呼应，在禅坐……这是墨，借一方宣纸，在一一还魂。

是啊，看墨在纸上透迤远走，或为云霞，或为江水，或为寒山，或为竹木花草……它只有一个灵魂，却有千百种身体。它真自由。

我喜欢看黄曙光老师的墨色芭蕉和茶壶。

芭蕉在墨里水灵灵的，清新蓬勃，饱满生动，枝叶披拂里有巍然成荫的志气。我喜欢芭蕉的婆娑盎然和笃定。

而茶壶却老得如山翁村叟。久看那茶壶，仿佛装了千年的风云，深厚，静穆。一壶在几，人间千年无新事。咀嚼那样的墨壶意韵，会觉得伊人秋水、死生契阔这些事都是轻的。那么，什么是重的呢？《桃花扇》的最后一出《余韵》里，唱戏的苏昆生往来山中做了樵夫，说书的柳敬亭隐居水畔做了渔翁。两个见证了江山兴亡的人，遇到一起，无酒，就一个出柴，一个取水，煮茗闲谈。苍山幽幽，烟水茫茫，那一壶茶分明就是一壶的南明旧事啊。那样的闲谈时光是苍老的，是重的。水墨里的茶壶也是老的，是重的。心若不老，提不动。

我曾经买了些笔墨纸砚，可是一直不敢去弄墨，内心有敬也有惧。这几年，看看身边的几个朋友，有的渐渐就亲近起笔墨来了，把自己放养在纸墨之间。也许，年岁增加，阅历渐丰，人慢慢就沉下来了。一片赤子心，归顺墨里，做水墨江山的子民。

人往墨里沉，墨往纸里沉，就这样把自己也沉成了一块幽静的墨，把纷扰的日子过成了意境悠远的水墨。

我看着他们，羡慕得要命，好像好日子都让别人过去了，就我这里萧瑟着。

我自知，我的心还不静，还留恋摇曳缤纷，还配不上一片墨色。

万物都走在节气里，我想，我也不用急。也许有那么一天，我也能一管羊毫在手，清风明月地过起日子来。彼时，墨在宣纸上深深浅浅地洇润，日色在东墙上隐隐约约地移动……有墨在，这样近地在着，就不怕老了。

再老，老不过墨啊。

小　砚

构思一个小说：一户书香之家，四个女儿，最小的那一个，名叫小砚。又清凉又难忘的名字。

在纸上写下"小砚"两个字，恍惚中以为满世界有雪花在飘，三片两片又三片地飘。苍黑的远树淡了，灰黄的远草白了。冷冷淡淡，安静凄清。

老祖宗传下的文房四宝，笔墨纸砚。如今，硬笔替换了羊毫狼毫那样的软笔，如蝇小字熙熙攘攘挤挤闹闹，也代替了古人的笔走龙蛇金戈铁马。墨呢，有墨水，有随用随丢的中性笔替芯，磨墨人不再。经过美白的纸，用时只觉光洁明亮，宣纸的暗黄或米白成了一场古旧遥远的相思。虽如此，这四宝里，笔、墨、纸三样转世之后依旧流连人间，只有砚，不常在了。仿佛一家子生养的四个女儿，眼见着前三个都吹吹打打给嫁掉了，只有小女儿至今待字闺中默然无语。是啊，家常的书桌上，遇砚一回，太难。砚是这样一个自有格调的小家碧玉，敛了袖子，低头退身于时光的重门之后，独自贞静寡欢。

依稀记得是去沙家浜，看芦苇，听京剧。看听之间，出来转，走进河汊边一所僻静房子，里面尽是砚，明清的旧砚。房子幽寂无人，灯光白白冷冷，一块块古砚安静陈列在附有标签的玻璃罩里。彼时只觉血液停滞，时光也停滞，只有看不见的空气是凝重丰厚的。砚池发白，无墨，砚池里盛的是岁月。空空干干的砚池让我想起新疆的罗布泊，水草丰美变作黄沙连天的罗布泊。在今天，砚于我们，更多时候它的价值不在使用，而在展览。一屋子的砚，砚陪着砚，各自不语，砚没有墨来陪，更没有磨墨人来陪。令人遗憾，令人可惜。

想想，书桌上，少一方小小的砚台，会少了多少风雅啊！

遥想从前的读书人，在隆冬，看天地荒寒，于是在屋内闲置炉火，展纸研墨。一方冰坚的砚台里，春水初起，盈盈润润，渐渐流泻到微黄的宣纸上。于是，草木有了，花朵有了，山川近了远了，一座狭小的屋宇被一幅纸上的水墨给撑开了。天地就此寥廓。回头看看磨墨人，她是王羲之家的丞相千金郗璿，她是苏东坡南迁相随的侍妾朝云……面若桃花，开在砚台边。

早年读中学时,冬天,父亲送我一块砚台。极朴极拙的砚,是用砖凿出来的。那时,学校边兼卖文具的杂货店里,没见摆放过砚台。大约是父亲少年读书时用过砚台,故他对此念念不忘。门前堆放的青砖是用来建新房子的,父亲挑了最沉实的一块,在中央凿出一涡砚池来。不知道父亲用去了多少农闲的时光,只记得那年我家的对联是我写的。我用父亲凿的砚台写字,给后门对联写的是"疏影横斜水清浅,暗香浮动月黄昏"。

父亲的砖砚,陪了我一整个中学时代。之后离家读书,再见那块砖砚,已经是碎的了。为此,我怅然多年。

年末,我所在的学校组织了一场学生书法比赛,有硬笔,也有软笔。给学生发奖时,我一翻,奖品里竟有砚台。内心一荡,不禁欢喜起来。打开盒子看:好小的砚,大半个手掌大小,石青色,没有雕龙画凤,没有绘兰描菊。可是,到底是古意出来了,墨意在了。不知道得到它的学生会是怎样开心,日后伴同它时,会是怎样珍爱。

在冬天,能有一方小砚陪着多好!在有暖气的室内,俯对一方拙砚,展纸写字。听墨在纸上走路的声音,像雪花落在湖面上一样轻。写着写着,小小的砚池里,墨浅了,尽了。一抬头,玻璃窗外,迎春花……开了。

寒　枝

吴昌硕画牡丹，常常在酣然盛开的牡丹花朵边，冷冷地立一两根寒枝。

这寒枝和鲜润饱满的牡丹花，似乎成了鲜明的对比。花是艳的，寒枝是冷色调的；花是华枝春满，寒枝是瘦削萧疏；花是姿态婆娑，寒枝是孤独挺立。

你欣赏着牡丹盛开的雍容艳丽，可是，视线总躲不过那倔强挺立在花丛里的几截寒枝。那寒枝大约是枯朽的，可依旧冷硬劲拔，它立在花丛边，像一段绕不过去的苦涩的记忆，夜夜梗在心头。或者是一场深沉的苦难，绵延横贯了半生的岁月。

吴昌硕画牡丹，几乎从不漏下寒枝，大约是因为，那寒枝一直就长在他的生命里。从内心长到手指，长到指端的羊毫里。

他大半生困顿寒微。十七岁因战乱随父逃难，五年后回家，家中其他亲人俱亡，只剩他和父亲。不久，父亲又病亡，只剩了他一人，从此开始茫茫"游学""游宦"生涯。在那个以科举功名为人生至高理想的年代，吴昌硕也毫无疑问地执着于此，他考过秀才，做过县令，更多时候，只是做做身份尴尬的幕僚。仕途于他，一直是灰暗的。海上大画家任伯年曾画过他，名为《酸寒尉像》。画里，他刚刚交差回来，官服官帽还未来得及脱去，已在那里拱手作揖，似与远道而来的师友施礼问候。此后，吴昌硕常常以"酸寒尉"自称。

也真是酸寒。四十四岁，人到中年，又经宦海浮沉，他对仕途已无多期望，于是举家迁居上海。他在上海浦东郊区租了两小间民房，安顿家小，期望自己能像任伯年一样靠一支画笔安身立命。但是，上海的书画市场，于他也是灰暗的，他的画卖不动。

初冬之夜，寄身于低矮屋檐，环堵萧然，他在纸上写道："夜漏三下，妻儿俱睡熟，老屋一灯荧然，光淡欲灭。"

日月艰难，前途无望，只好重回苏州。人生困窘至此。

不知道，命运将他如此压榨，是否就是为了激发他灵魂深处的金石气。一个艺术家，若能从浩瀚的苦难里抬起头颅来，不屈于人世，那么，他的作品的气象也必定不同凡俗。

再去上海，矢志于以书画立足，已是二十余年后。那时已是辛亥革命之后，许多旧朝官吏不愿去北洋政府为官，便都到了上海。于是，吴昌硕在上海做了职业画家。他挑战命运，在艺术上也是一身胆气。他说"自我作古空群雄"，将自己置于书画艺术的历史长河中，凛然上前，直面古人。他敢将大红大绿用于花卉，笔下的花朵鲜丽饱满。曾有海上画家蒲华告诫他，要多用水墨，少用颜色。因为是文人画，要高雅，要"色不可俗"。可是吴昌硕偏不。他用色不守古法，变水墨为五彩，变重墨为重彩。

他笔下的牡丹，最动人的不只是牡丹的色，还有花朵之后那些片叶不着的寒枝。而他亦如那寒枝，从苦寒苍茫里劲挺而出，带着一身的寒气，是倔强的、骄傲的、巍然的。这股劲挺自强之气，不是闲逸富贵给他的，而是苦难与执着给他的。

所以，那纸上的寒枝，已然是一面镜子，它映照着后发的牡丹。也许那寒枝是枯的，也许它遭受过风雪的压迫、刀斧的刈割。但此刻，它依旧挺在花丛里，挺在岩石旁。一朵牡丹在春天绽放，却不敢轻薄放纵地绽放，是寒枝的映照，让牡丹懂得了节制和内敛，懂得了沉着与静穆。

一个人，大约只有尝尽世态炎凉、人情冷暖，才会懂得，在姹紫嫣红的盛开时节，依然不忘在心里立上几根寒枝。

虽然后来成名成家，名利汹涌而来，可是吴昌硕仍记得早年那些忧患与颠沛，记得自己来自民间，记得自己的身份，也记得自己的追求与使命。所以，笔下牡丹开得再热闹，他依旧要立几根冷冷的寒枝在侧，给自己降温，也给世人降温。

他用这几根寒枝，让自己与汲汲富贵显达的世俗保持了一段冷冷的距离。他用这寒枝，彰显着自己的刚毅执着，彰显着自己直面历史长河的勇气与气魄。

吴昌硕笔下的寒枝不仅是瘦的，是枯的，也是高的。那寒枝高过花朵，高过绿叶，不摧不折，独对风日，挺向苍穹。我想，在这样的寒枝边盛开的花朵，一定是心怀谦卑的吧。

面对深沉的苦难与过去，此刻的绽放，理应怀着谦卑。

晚年，吴昌硕的艺术如一朵牡丹雍容明媚地盛开在中国画坛。那时的上海，曾经出现了"家家缶翁，户户昌硕"的盛况，可是，他却静静写下一副对联：风波即大道，尘土有至情。

而我想说：寒枝最精神。

书法之冬

春和夏都很肉感,特别能喂养视觉。秋和冬,这两个季节似乎就是用来砥砺精神的。肃杀和酷寒之气里,人似乎只能靠精神而活,尤其是冬。

在冬天,人是内敛的、节制的,向内而生。向内而生,就静寂了,就有了禅味和圣人气象了。

秋天宜相思怀远。

《诗经》里,写恋爱追慕多数是春夏季节。到了秋天,就是怀远了,可望不可即,人活得形而上。"蒹葭苍苍,白露为霜。所谓伊人,在水一方"这样的忧伤,放在春天和夏天都不够清远悠扬。

冬天宜喝茶读卷下棋悟道,还有,就是侍弄书法。

书法应是冬季诞生的，我猜。你看那些线条，好像落光了叶子的树枝，粗粗细细，曲曲折折，或旁逸斜出，或肃严端然。这些冬日苍黄天底下的黑色树枝，被一抽象、一组合，就成了宣纸上黑色的字。

楷书端然舒朗，可匀匀透进日光，它是江南的山地上整齐栽种的桑。桑叶已凋，蚕已结茧。缓缓向上的山地上，只剩下这些行列整齐的桑树了，像日子一样简洁寻常又蓬勃有序。

行书是"杨柳岸，晓风残月"，柳是冬天的柳，月是冬天的月，既风情飘逸，又有一种苍老与霜意。它有一种柔韧的骨感，仿佛是旧时士人，身在江湖，心系庙堂。

草书，好像大雪来前，狂风一夜，山山岭岭的松枝都在一身怒气地舞着，在风里舞着，柔中带刚。古筝曲《林冲夜奔》听起来，就有一种野气和生气，像草书。

篆书是《诗经》里"风雅颂"中的"颂"，庄严贵气，深厚圆融，每一个字都像是在冬日进行一场古老盛大的礼仪。或者是在讲述一个上古的神话传说，讲精卫填海，讲女娲补天，深具大气象。

隶书工整，透着方正平和之气，有些四海一统的意思。那横竖撇捺之间，很是规整，仿佛是说，服装统一了，语言统一了，度量衡也统一了，从此纲常井然，该放羊的去放羊，该织布的去织布。

古人真是太聪明，把那么多的事物和人情抽象成线条来——组合成为汉字。枯冬漫又长，大雪封天地，我们这些后人只好喝茶、下棋、练练书法。或者画画水墨，把那黑色的线条稀释延展开来，成为面，成为一纸江山。

如果说，各种闲雅之事也都有归属的季节，我以为，刺绣属于春天，书法属于冬天；戏曲属于春天，读史属于冬天。

刺绣属于春天，因为它绚烂明媚。冬天若是刺绣，太苦，苦到让人忘记了刺绣本身的美。

唐诗《贫女》里有句子："苦恨年年压金线，为他人作嫁衣裳。"这样的刺绣已是谋生，想必时时会被催要而赶工期，深冬腊月也要绣。

戏曲属于春天，让人想见两情相悦的美好。就像《牡丹亭》，因爱在春天死，还会因爱而重生，迟早都是要相见的。

有一年冬天，路过一乡间戏台，见有红男绿女在台上迤逦走动，因了彼时的天寒野旷，我总觉得那演的是《孟姜女哭长城》一类的苦情戏，即使有欢颜，也只是暂时。好戏要在春天演。

冬天就留给书法吧。

在冬天，雪一下，天地就空了，人也生出了失重的虚无感。在这茫茫的白的世界里，能对抗的，只有黑色。当一页米白色的宣纸展开，一管羊毫喝饱了墨就动身——它迈向宣纸，那步伐，疾走是草书，漫步是小楷……每一根线条，或禅或道，都像是阅尽人世沧桑的人最后蓦然回首，转向内心寻找出路。

无用之美

父亲似乎是个深谙无用之美的人。

生活在乡下的父亲喜欢收藏,他收藏的东西在别人看来,是无用而可笑的。他有一个木质旧箱子,里面放书。有一日我好奇打开,摸到一本,一翻,竟是上世纪六七十年代他读书时的课本。他的抽屉里曾零碎放了许多碎瓷片,也有一个玉簪,都是他在沙地上捡来的。还有旧的连环画、破损的砚、锈蚀的铜钱、田野上的形态特别的野果子、废弃的竹编……我都从他手里见过,妈妈经常在他后面偷偷地扔。我却从父亲那里渐渐懂得,有用的物事之外,还有一个无用的世界,无关冷暖,无关金钱和权势,无关实际的功用,只是图个把玩,图一个小小的欢喜。

遥想《诗经》年代，悠悠五百多年，老百姓在天地之间忙着种植五谷，忙着采桑采葛采蘋，忙着上战场去打仗，忙着去祭祀先祖与神灵。可是，就有那么一些人，从繁忙中停下来了，停下来去做"无用"的事。他们停下来，吟唱这周朝大地上的风物人事，吟唱向往和喜悦，也吟唱哀伤和孤寂。"桃之夭夭，灼灼其华。之子于归，宜其室家。""汉之广矣，不可泳思。江之永矣，不可方思。""君子于役，如之何勿思！"

千百年过去，那些有用的事情，如风吹落叶，化作腐土，了无踪迹。反倒是这些"无用"的事情，这些发自心灵的吟唱，如星光一般永远照耀大河。我们会在春日里吟咏这些四言的句子，隔了几千年，依旧觉得那般美好，那般熨帖心灵。每一回的吟咏，都仿佛和古人一起沐着春风到田野上去。

魏晋时期，大书法家王羲之的儿子王徽之，在大雪之夜身披蓑衣，泛舟剡溪，去访好友戴安道。我们以为一定访着了，聊上了，酒也喝上了，可是到了戴家门口，王徽之连门也不敲就转身踏上了回程路。不为有结果，不为有用。魏晋时期的那帮名士，他们活得风雅、潇洒、清逸，就在于他们舍得在无用的事情上磨时间。他们，不那么着急，不那么世故，活得像一段悠扬的和弦，衬垫在主旋律的下面。

王维的《竹里馆》写道："独坐幽篁里，弹琴复长啸。深林人不知，明月来相照。"这样的生活，也有无用之美。独坐，无须陪伴；弹琴，无须知音。不嫌林深，不怨人不知，因为本就无所求，因为本就只是来品玩这幽独。"欲济无舟楫，端居耻圣明。"孟浩然写诗给当时的张九龄丞相，希望得到引荐提拔，他那是经世致用的思想，他要有为，他要有用。

生活里，多的是孟浩然那样有志气的人。难的是，能有王维独坐的境界。

街角有一个饭馆，老板喜欢写毛笔字，没生意时就在吃饭的大圆桌上铺开宣纸练书法。有人不屑，认为他不务正业。后来饭馆生意清淡终于关了门，那些不屑的人终于开口：生意不好好做，净忙那些没用的事，不关门才怪！后来，听说那老板改行，在家开门收徒，教小孩子练毛笔字，日子过得花开草长般有生机。

我经常去小区附近一个理发店洗头，第一回去时，见墙上悬挂一幅装裱好的荷花图。后来又有一回，店里没人，我进店瞥见理发师正在长桌子上画画，画的是工笔牡丹。内心一阵惊动，不由从心底生出仰视的目光。后来，工笔牡丹也装裱上了墙。一边理发，一边画画。一边挣钱养家，一边做世俗目光里的无用之事来养心。

我跟他们也差不多，也有许多沉溺于无用之美的时光。

曾经，早春，在窗边挂风铃，然后静静待在窗内，读书或者做家务，风起铃响，仿佛是春天来叩门喊我。少年时，夏夜，月下独行，去偷听邻村那个男孩月下吹笛。秋天，去江边的树林，看经霜的芒草在夕阳里。冬天，一个人踩着雪，往旷野深处去。

十几年前，我一个人跑到广州去学舞蹈，不为登台，不为拿证书，只为简单的喜欢。十几年了，我还在写着小文字，不为成名，不为谋利，也还是简单的喜欢。因为，即使没有稿费，没有发表的地方，我一样还会写下去。

我就这样，被这些具有无用之美的时光一养多年，养得一颗心饱满多汁，又宁静清远，哪怕一颗唐朝的莲子，也可以在我的心上，拱出嫩芽来。

周作人说，我们在日用必需的东西之外，必须还有一点无用的游戏与享乐，生活才觉得有意思。我以为，这有意思，就是生活中属于无用之美的那一部分。

戏曲、书法、绘画、舞蹈……许多东西都是无用的。可是，没有了它们，我们活得多粗糙、多面目狰狞啊。生活里，是那些无用的东西，让我们的心灵像一块水草丰茂的草原；历史的长河里，是这些无用的东西，让我们活得体面、庄严，活得有仪式感。

眉上的风雅

眉是素的，清素。

在色调上，有曲高和寡的风雅。

最风雅莫过于唐明皇了，竟令画工们穷尽才思，弄出个《十眉图》来。鸳鸯眉、小山眉、五岳眉、三峰眉、垂珠眉、却月眉、分梢眉、涵烟眉、拂云眉、倒晕眉，瞧这些眉的名字，若将之连起来，可当唐诗来读了。闭眼回味，分明又是水墨清浅的中国画。山中岚气聚散无踪似神仙，叶梢上落雨如垂珠，水上鸳鸯相对卧眠。东方男人在纸上风流婉转，远胜于西方。

想想唐明皇那个时代吧。大明宫里，灯烛高悬，宫娥们盛装浓脂，踏歌而入，缓缓跳起霓裳羽衣舞。他坐在龙椅上，一边即兴奏乐，一边玩味那些精心描就的美人眉。三峰五岳，瘦月浮云，万里江山都化作美人在阶下了。在眉上，把文章做得这样大，只有唐朝了。后来的，都局促在闺房里，都是小格局。

眉间多少戏！

英雄阵前立眉。那眉是塞外的风里劲草，马蹄过处，尘土扬起，十万里的关外霜草和着帅旗猎猎响，每一根草管里都激荡着汉唐的声威。戏曲舞台上，武生的眉，从来都是浓墨刷过去的两道重黑。京剧里的关羽，那两道眉，分明是两把黑铁铸成的青龙偃月刀，高举在马背之上，凌空两道寒气自头顶压过来。

菩萨高堂低眉。观音菩萨端坐在莲花上，细眉细目，微微向下，两道弯弯的弧线扣下来如温柔的港湾。众生都在这港湾里了。莲花不败，观音永在。安详，安静，美丽，宽容。她像年轻的母亲在早晨的梳妆台前，素手拈花，一朵茉莉斜簪发间，纤尘不染；她又像年老的祖母在冬夜的炉火前，低眉轻语，心思沉落在饱满丰厚的往事里。她在高处却没有往虚处去，她这样真实，低眉凝望我们的眼睛，与我们这样贴近，心静心安。谁的一生，不经过几尊低眉的观音？

美人灯下垂眉。春暮的天气，夜未央，隔墙能听见落花的声音。屋内灯将残，一幅女红已经绣到花绷边，可是，吹灯的人还未回。她坐在烛台边黄晕晕的光里，兀自敛目垂眉，相思千里万里，红颜如蜡烛，一寸一寸短浅下去。要怨一怨：他是一个手笨的裁缝啊，持刀向锦缎，只在当中草草裁下了一块手帕子，余料太多，一匹好缎就这样被白白浪费了大片大片，负了多少绣花的心！

书生案前画眉。有一种鸟，也叫画眉，眼圈上有白色狭长的眉纹，叫声也悠扬动听。我总疑心它是某个古代歌伎的转世，它的那两道眉，是柳永酒后画上的。是的，中国的旧式文人有一桩雅兴，笔酣墨饱地在纸上写诗文，写完了，砚里还残些墨，蘸在羊毫尖子上，顺手在伺候笔墨的佳人额上添两笔。这就是真的画眉了。文人以墨画眉，美人就泪研墨，一个诙谐，一个孤清，但在如今看去，都是风雅得叫人生恨的。

诗人徐志摩不画眉，日日千呼万唤的，是径直爱眉了。他有本书，叫《爱眉小札》，其实不过是一本恋爱日记，相思与欢喜掺夹成蛋糕上的一大坨奶油，甜得发腻。但他在日记里称呼小曼时，叫的那个名字实在别致，他叫她"眉"。他说："我爱你朴素，不爱你奢华。你穿上一件蓝布袍，你的眉目间就有一种特异的光彩，我看了心里就觉着不可名状的欢喜。朴素是真的高贵。你穿戴齐整的时候当然是好看，但那好看是寻常的，人人都认得的，素服时的眉，有我独到的领略。"

他告诉他的眉，他更欢喜穿着蓝布袍的她。在精致的女人那里，颊是搽胭脂的，嘴是涂口红的，脸部的其他部位，也是粉妆玉砌，只有眉，是黑或黛，色调上一下暗沉下去。被激情烧灼的诗人，已经穿越了繁丽炫目的红紫芳菲，爱到了春天最深处的绿叶和根上。他爱素的眉，爱在色彩里沉静下去的她。

时光之下，所有的容颜都会老去——头发会白如阶上秋霜路难行，双颊会皱得施不上一粒脂粉，无牙的嘴唇是人去楼空的旧宅。只有眉还在，依稀还似当年。最素的守到最后。

他日暮老，秋风萧瑟里，我去长堤上扫柳叶。不知道我爱的人，会不会也像一个扫落叶的人，日日记得拿目光在我的眉上，慢慢经过。

人散后，就剩下了戏

读《长生殿》，从生、旦两位主角那里读，读到的是情。可是，若从第二十九出《闻铃》往后读，读净末丑外贴这些配角，只觉秋风习习，禅味渐渐出来。众欢皆散，飞鸟各投林。当年生活在主角身边的那些草根们，那些伶工和宫女，随山河破碎之后，一个个也七零八落了。

好似一夜北风，白梅落满南山。那隐约的花香像爱情的气息，被经历离乱的旧人带到了民间传唱。爱情慢慢成为传说，到处流播。人散后，就剩下了戏。

戏在一只锦袜里。

贵妃娘娘遗落在梨树下的一只锦袜，被马嵬坡下开酒店的一个老妪拾到，从此酒店生意格外好，既卖了水酒，又顺带收了看袜子的看钱。听说是贵妃娘娘的袜子，民间的老百姓有几人不想亲睹，感受一番皇家的华丽和苍凉？那个吹笛子的高手李謩也来酒店看锦袜了，在《偷曲》里曾隔墙偷得半部《霓裳羽衣》曲的李謩，何曾想到手中这锦袜的主人就是那《霓裳羽衣》曲的作者！看锦袜轻软，针线纹饰光艳，忍不住叹绝代佳人绝代冤。路过酒店的道姑也看锦袜，叹香气犹存，佳人难再。那位去华山进香的种田老汉却对锦袜不屑，犹自抱怨美人误国。果然，是是非非，尽由后人道了。

戏在一曲琵琶词里。

读第三十八出《弹词》，听当年梨园伶官说奢华，说恩宠，说苍凉，说天宝遗事。早年学杜甫的诗《江南逢李龟年》，学得满心疑惑。"正是江南好风景，落花时节又逢君。"不知道这相逢是悲还是喜，按说，他乡遇故知，应该欢喜，可又偏在落花时节，一定怀有一种难言的幽微情怀了。到读《弹词》时，才终于明了这江南相逢的凄凉与冷落。年老的李龟年，当年曾在梨园亲手教演《霓裳羽衣》曲，被赏得数万缠头，如今流落江南，抱一面琵琶，长街卖唱来糊口。唱的是《霓裳》旧曲。"唱不尽兴亡梦幻，弹不尽悲伤感叹，大古里凄凉满眼对江山。我只待拨繁弦传幽怨，翻别调写愁烦，慢慢的把天宝当年遗事弹。"看客们喝彩，也不问真假，只要有戏味就成。白须旧衣的李龟年，自弹自唱，在江南。当年的三千宠爱，当年的娘娘制谱翠盘上跳起霓裳舞，当年的六军不发马嵬坡……平平仄仄地，一一都入了唱词里。都成了戏。"……问俺为谁，则俺老伶工名唤做龟年身姓李。"身份一交代，观众哗然。老伶工当年唱给李杨二人听，如今，人散后，当年的主人又成了戏，同一张嘴巴，唱给大街上来往的各路客官听。

戏在旧时宫女的叹息里。

白头宫女在，闲坐说玄宗。当年的奢华如玉液琼浆，如今都被兑了水，不断在时间里稀释，渐渐只剩一点记忆里的气息在心底萦绕。第三十九出《私祭》，两位当年侍奉贵妃的宫女还在，一个叫永新，一个叫念奴，都做了道姑，每日里花前学学诵经。想起当年贵妃娘娘教白鹦鹉念诵心经的往事，替旧主遗憾。若能及早从一卷经书里悟得退守，何至于后来有马嵬灾难。适逢清明，于是道观里供起牌位，纸钱和清茗奉上，再折上一朵雨中牡丹，祭祀旧主。清明时节雨纷纷，道观里进来了避雨的李龟年，一番诧异，一番相认，一番感叹。三个旧人，在贵妃娘娘的牌位前相聚。说什么呢？说离乱，说离乱之前，华清池，《霓裳》曲……"蓦地相逢处，各沾裳。白首红颜，对话兴亡。"

这些净末丑外贴类的配角们，在繁华之后，各自沧桑。岁岁花前人不老，恩爱也不老，只能是多情而美好的愿望。江山破碎，美人亡故，最后只剩下唱戏的人。唱不完兴亡恨、美人憾。《弹词》里，唱戏的人也老了，李龟年把曲谱传给了李暮。到最后，只剩下戏了。

"李官人呵，待我慢慢的传与你这一曲《霓裳》播千载。"

《牡丹亭》里的小人物

读《牡丹亭》，难忘那些小人物，觉得他们身上有光芒。作者可敬。写才子佳人和江山破碎亲人别离，也不忘勾画这些小人物的小生活。

花郎，职业是侍弄花园。杜家的花园里草木纷繁，有牡丹、芍药、垂杨、榆树……浇水锄草，可忙可闲。花开后，折下新鲜带露的，送给夫人和小姐，这事不忘了就行。他也偶有不规矩的时候：偷了花上街去，骗些酒喝。这是小人物的可爱与狡黠。《肃苑》里，春香来吩咐他打扫花径，后日小姐要来游园看花。花郎嬉皮笑脸，不免和春香打情骂俏地挑逗一番。我一直羡慕花郎的差事，晒晒太阳浇浇水，看看花开，喝喝小酒，卖点乖调点情……这日子荡悠悠的，过得舒缓有兴味。

陈最良，杜丽娘的语文老师，教她《诗经》。小人物里，他的出镜率最高。

总觉得他活得粗糙，有时读着读着，想要同情起他来。多年的秀才，总是不能晋级考上举人。"咳嗽病多疏酒盏，村童俸薄减厨烟。"《腐欢》里，第一次出场，寒酸病穷。教书不成，改行继承祖业，开药店。儒变医，就像洗脸的毛巾最后都成了抹布，境遇每况愈下。腐儒今遇喜事：杜老爷下帖请他教小姐读书，从此饭食不愁。只是谁会想到后来小姐为春梦而亡呢！陈老师再次失业后，回家继续卖药。命运这样颠来簸去，他似乎没有太多的凄凉，不知道是否已麻木。《肃苑》里，春香请假，小姐因为伤春了，要游园排遣春愁。陈老师回说：春香，你老师我都活到六十来岁了，一把的年龄都不晓得伤个春游个园，这就是你们的不该了。读到这里，感慨不已，一个读书人，伤春悲秋都不会，心思粗糙得简直不可原谅。

读到《旅寄》，才终于领略到陈老师的风雅。杜丽娘死后，失业的他大雪天出门，意欲再寻书馆教书，路上遇到跌跌撞撞的柳梦梅。同是天涯沦落人啊，陈老师扶柳梦梅打算去梅花观歇息。柳梦梅问还有多远，他伸手一指，回答道："看一树雪垂垂如笑，墙直上绣旗飘。"喜极了这一句里的"垂垂如笑",人生颠簸沦落至此,下一顿饭都不知道在哪里,他还能看到雪压梅枝的梅花微笑。他是个心里有光的人,这样的人,不论自己境遇如何,总能处处传播正能量。

石道姑是个不幸的人。一个阴阳人,勉强嫁出去,新婚之夜云雨不成,青春徒然。后来丈夫另讨了小老婆,小老婆渐渐得势,挤走了她,于是出家当一个道姑。生逢不幸,没有好姻缘,也不嫉妒别人的好,倒去成就了别人的姻缘。协助柳梦梅掘坟,扶起睡了三年的杜丽娘,帮着寻药调理。陈老师给配了一服烧裆散,说是治妇人的鬼怪之病,很是诙谐。调理好了杜丽娘,在柳梦梅的央求下,又做了个现成媒人。不抱怨,不强求,不把人生看成一个讽刺,自自然然过着自己的生活,也成全着别人。

春香是一个不断成长的角色。《闺塾》里插科打诨,活泼调皮,那般无邪。小姐春天贪眠了,春香挨打;小姐害了相思病,春香一样挨打。但是这打里,只听到呀呀地叫,看不出疼痛和伤心。到杜丽娘死后,伴同老夫人离了南安去了扬州,老夫人揣测老爷有娶小之意,心上忐忑,跟春香闲谈。春香劝她,将庶出之子当作亲生,好比是无子也有子了。到这里,春香作为一女仆,不仅长大了,而且识事明理了,她和主子间的距离也越走越近,成为亲人。人这一辈子,有人为爱情而活,有人为使命而活。春香为使命而活,柳梦梅的家奴郭驼也是。

《牡丹亭》里的这些小人物,以他们的点点光彩,演绎着人间的热闹与琐碎生活的生动,带给人温暖和感动。让我们想到我们自己。我们也是小人物。第五十五出《圆驾》里,所有的小人物登场,与男女主角一起相聚在天子朝堂,这是戏里的大团圆。人世间,地位显赫者,与小人物们一起,各怀使命地生活在清平之世,这是人间的大团圆。生旦净末丑,都在。

第三辑 白杨萧萧

人生如寄，说的是生命短促，短得如同寄居于这尘世之间。在这窄窄短短的时光里，依然心在远方，风景在远方，唯一壶烧痛的思念在胸腔。

惊蛰雷

惊蛰未到，春雷已鸣。

但到底过了雨水节气，这雷该归于惊蛰的了。几通破天的春雷响过，春天就有了堂皇立起来的气象。

春到人间。不只是花开得无收无管，不只是雨下得连天连地，不只是风柔得无骨无底线，春天还有雷，雄浑的撼天动地的雷。

惊蛰，惊蛰，是雷来惊了这些蛰伏的昆虫、蛰伏的鸟兽，还有冥冥然蛰伏的人心。春天的首场秀是属于春雷的。

春雷一响，万物起身。

甲虫、蚂蚁、青蛙……它们在泥土里翻身，揉眼，伸胳膊伸脚，相互呱啦呱啦地提醒：起来啦！起来啦！多像我们当年读书时，住学校的集体宿舍，被半军事化管理，沉实而甜香的晓梦中，忽然一声"嘀——"，十几秒不歇气的起床铃就这样悍然凿破晨晓清凉寂静的空气。十个丫头，大呼小叫地起床，刷牙，洗脸，梳拢头发，都是八分之一拍的节奏，转眼齐刷刷坐在教室里晨读。刚刚还像软塌塌的面粉团，现在已然是撂进了油锅里，炸成了硬挺挺的大油条，齐齐插进竹篮里。

惊蛰的雷，就是这样的起床铃吧。

想象春雷抵达的草原深处，一夜轰轰然，翌日天气晴好，一头猎豹踱到水边喝水。春水清甜，隔岸有狮子也在深饮。春水荡气回肠地在体内一番折转流淌，于是，野兽有了奔跑的力气。一抖擞，骨骼高耸清奇，重振捕获猎物的雄心。

在细雨江南，柳芽早已爆得丰硕，好像即将临盆的孕妇，就等惊蛰的那声雷来催生。轰隆——轰隆——明早的河岸边，那些垂柳已经解衣分娩，生出一片片的细叶子。

舅舅家门前的牡丹，花蕾打在含羞拘谨的叶子里，喧宾夺主地一副要盛开的架势。春雷壮了花的胆，叶子们格局还没打开。

好吧，开花就浃浃无际地开，桃花李花海棠花，萝卜茼蒿白菜花……一城风雨一城花，一场春雷一场花。花开有期，花跟着春雷的脚步，花开无疆。

雷声伴着雨声，轰轰然里是滴滴答答的和声，好像上古时候祭天地求五谷的仪式。春天真庄严。

我坐在春夜里，坐在雨夜的窗台边，听春雷声声又声声，觉得这雷声又像是盘古在开天，在辟地。

轰然一声巨响，破空砸来。古城、旧塔、旷野、庄稼、林木、河塘、城里城外千门万户的灯光……都在这"千钧一砸"里。但它不是破坏，不是攻城略地的侵扰，它是为了立，为了生发，种子生出胚芽的生发，老根抽出新枝的生发。这声震怒，令人内心亦惧亦服。

雷声雨声里，无端就起了抱负，觉得必要做些方正久长之事，方不负了这庄严神圣的时节。春雷滚过天宇和头顶的那刻，我决意要收起疏懒，收起踌躇，奋力去搏……是春雷陡添了人的胆气硬气。

惊蛰了，不再低眉敛目，不再垂首思旧。惊蛰了，潜龙抬头，众神归位，各司其职。

惊蛰了，被春雷夯实的大地，长风浩荡，万物生长。繁华亦丰富，蓬勃亦有序。

流水将蜿蜒清澈地流淌，一路向前，一路汇聚，在大海里永生。

花朵将浩瀚盛开，用熬得熟透的色彩，描画山川的同时，也伏笔一个盛大的秋天。

泥土将愈加忠诚和深情,它紧紧地拥抱草木花朵和庄稼的根,像祖母看护一群儿孙。

蝴蝶翩跹花丛,蜜蜂振翅采蜜,牛羊啃噬青草,春燕衔泥育雏……

这个世界,在惊蛰的雷声之后,繁忙而清平。万物怀着使命,生发,壮大。踩着惊蛰雷的鼓点,向上,向广袤处生长。

春六帖

立 春

"春打六九头",寒气渐收,是有春始的意思了。

记忆中,有许多个立春立在腊月里。母亲蹲在门后的长宁河边洗被子,洗的是过年被子,洗过,年就要盛装而来,我们小孩子无日不激动。母亲起身将凤凰牡丹的被面撒网一般铺开,铺在河面上漂洗,顺便问大妈:"大姐,打春了吧?"

凤凰牡丹的红被面浸了水,颜色灼灼鲜艳,让人看见方方的一片喜气,载浮载沉地在水上荡漾。

其实,母亲猜到已经打春了。我想,她一定从河水的软和温里,从拂面的河风里,意会到了春气。

但到底还是立春，还只是一个开始，春色还在孕育中。长宁河边的榆树林依旧疏影横斜，一片墨色，在向晚的日光里摇曳，一副闺中人倚楼思远的寂然模样。

热闹的是村落间，杀过年猪，起鱼塘，蒸年糕……丰衣足食地来迎接农历年。

雨 水

南门的护城河边，邂逅一树盛开的白玉兰。

没有叶子，只一树的花寂静又辉煌地开，路过时劈面一惊。白玉兰开在早春的风日里，很像欧洲教堂里的烛光，在里面举行婚礼，有一种静穆的华丽。

城里不知季节变换，但花知。

中午陪老父亲闲聊，忽然，他说，昨天是雨水。说过他一笑，我也一笑。说的时候，天正下着雨。

老父亲已经多年不事农桑，可是依然时时记得与农事贴近的节气。中国老式农民，他们曾经像脚踩田埂一样稳稳地踩着节气，育种，插栽，耕耘，收获。慢慢，节气成了他们一辈子行走的坐标。

我是父亲的庄稼里一颗发生了点变异的种子，正努力回归。我的雨水不是坐标，而是一间静静的书房。

那些从前的早春，下雨的天气总像是翻了又翻的不变的画面：母亲和伯母，还有姊姊，坐在堂屋里抹骨牌。天光阴暗，桌子被端到大门口，斜着放，桌角正对着大门，借着天光，抹了一牌又一牌。有人和了，有人唏嘘；然后洗牌又抹牌打牌，又和了，又唏嘘。雨在门外绵绵渺渺地下，囚得人哪儿也不去，只待在屋子里。世界这么小，只有我和这一桌抹骨牌的中年女人们。我躺在床上看书，透过半开的房门门缝看着她们打牌，听着她们窃笑和叹气，好像那是我读的另一本书。于是觉得，雨水罩下的这个小世界，也不过是一个书房而已。人物从书里侧身而出，撑伞一般撑开血肉的身体，在潮湿的空气里，在暗淡的天光下，悄悄地活动。天一晴，全都消隐，变成妈妈，变成村妇，变成农民，变成很忙的人。

雨还在下，我和父亲都默然在看路上匆忙的行人，他们在招手拦车，赶着去拜年。我们像两只牛，在记忆里反刍各自的雨水，眼前的雨水似乎是别人的。

我眷念雨水之下的旧时风物，那种温润的旧意，让人觉得妥帖。

惊　蛰

惊蛰总要打点雷才成气候。但是，这里是长江中下游地区，春天是习惯性早产，健康早产。

惊蛰前一周，雷声就在墨黑的苍穹里轰轰响起来，很有些高亢雄浑的意味。我靠在床边，睡思昏沉中，凛然一惊，想来那些懒睡在地下的昆虫们一定惊慌得不像样。

想象一下，蚂蚁、甲壳虫、野蜜蜂、蝴蝶……它们一定大呼小叫着，有的抓壳，有的抓翅膀，有的抓触角，有的抓腿脚，穿啊套啊，起床出土，一路上心还怦怦直跳：要迟了！要迟了！"轰——"又一阵雷声从天空滚到地底。就像我当年上学迟到，远远听到学校的上课铃声悚然响起，眼前浮现一万张语文老师板结冰冷的面孔，"站黑板！""轰——"心底一阵雷。

终于出土长大了，再也不用上学了，再也不用担心睡觉睡过头站黑板了。

现在，我常常充当春雷阵阵，每天清晨去轰醒我那蛰伏在被卧里的儿子。

有一天，儿子嬉笑着说："妈妈，读书太累了，做人太累了，我不如出家做和尚吧？"

我说："好啊，从明天起，你是小和尚，我是师太，咱们都出家，咱家就是庙。"

第二天早晨，天色微明，"师太"起床弄好无荤的早餐，然后锅铲敲门："小和尚，小和尚，快起来用斋，然后去念经！"

春　分

到了春分时节，面对春光就生了忧念。好像养了女儿的人家，眼看她快到了十七八，心里千万遍默念：慢些啊，慢些啊，一快，女儿就是人家的人了呀！

是啊，慢些啊！慢些啊！

风你慢慢地吹，花你慢慢地开，叶子你慢慢地长，小蜜蜂你慢慢地飞来……一快，春天就没了。春色三分，二分尘土，一分流水了呀。

晚上散步去植物园，一路春风，柔情蜜意。植物园多的是柳，朦胧的路灯光里，看见柳线垂垂，摇漾在水边。细看去，那柳早不是我雨水之后所见的窈窕的柳了，而是已经出嫁的柳，儿女缤纷绕膝。

还记得当年村子里有一人善制柳叶茶。春天，柳树爆芽，他挎了篮子去河边田头将柳芽，回去焙茶。用稻草烧火，在铁锅里焙。后来，村子里有许多女人也跟着他将柳芽，还请他做师傅来家里焙茶。于是，一个春天，家家都有了一铁筒的柳叶茶。闻起来清香缭绕，泡在杯子里好像热带雨林，只是吃起来清苦。

柳到了春分时节，已经做不了茶了。叶子繁茂，它有了母性。

清　明

桃花开到垂死挣扎一般艳烈。

在无为，在春天，必要到太平去看趟桃花，才算得是完整地度过一个春天。

桃花林的对面是一片公墓，于是许多人在清明前后就同时做了两件事：扫墓、踏青赏花。

墓地和花林，像是生命的两极。

扫墓的时候，想念先人，哀感生命须臾，可是忽然一转身：瞧，桃花正开着呢！

人在桃花丛中走，浮花浪蕊落满头，痴痴以为好景天长地久，一转身，看到了墓地，才知道长久的是寂静。花开应如梦。

我是午后去看桃花，单是为了花。一路上只想着花，便觉得自己痴情。

桃花开在山坡上，一片一片，一坡一坡，比水墨画里的桃花要务实得多。

我站在盛大的花海对面，无端忧戚。这样盛大的春色，这样浓烈的开放，捧给谁，谁能端得住端得稳？

没有谁。

当一种生命足够粗壮、一种心灵足够壮阔的时候，也许它同时也就失去了能接应它的另一方。所以，它的命运就是自己盛开，自己凋落，雌雄同体，独自芬芳。

雌雄同体的生命，一定丰盈又孤独。

桃花好像是雌雄同株的吧。

谷　雨

谷雨前后看牡丹。牡丹是银屏的千年牡丹，长在悬崖绝壁上，白色。银屏周边的老百姓，像我父亲那样的老农民，习惯数牡丹的朵数来预测一年的雨水多寡。悬崖绝壁上的这丛千年白牡丹，每年花开数目不一样，据说花多那年就发水，花少那年就干旱。

我站在悬崖下，举着望远镜看那丛白花，忽然想起武侠小说里的李莫愁。那么美，那么处境孤绝，拒人千里，真是高冷得传奇。

悬崖之下的江北大地，丘陵和平原，雨水下过，土膏松软，种子窝睡在泥土里一日日发胖，生出胚芽。萌生，长叶，开花，结实，演绎热热闹闹的一生。

我在谷雨前就下了种，种了一畦毛豆，只等豆苗出土。

红尘之洼，种的是生死荣枯、烟火庸常，并无传奇。

大雪茫茫

　　一直喜欢张岱的《湖心亭看雪》。"大雪三日,湖中人鸟声俱绝",这个世界万籁俱寂,只剩下雪,只剩下天地一片大白。于是舟子划船,主仆去往湖心亭看晚雪。

　　这则小品文感动我二十余年的,不只是西湖雪景,还有那一晚,在湖心亭上,张岱遇到了一个跟自己相似的金陵人。那个金陵人,在张岱的小舟抵达之前,已在湖心亭上铺毡煮酒。那个人,见到张岱也大喜:"湖中焉得更有此人!"

　　那一晚,张岱也一定感动。他自己,是"余强饮三大白而别"。他的舟子喃喃道:"莫说相公痴,更有痴似相公者。"

　　那一晚,张岱在凛冽雪气面前,饮了三大杯酒,内心暂得安慰。他行走在一个上下一白、晶莹剔透的世界里,放眼看，白茫茫一片，江山还是旧时江山，只是大明王朝的盛世是回不去了。飘飘荡荡的生涯里，竟还能遇到一个同样赏雪的人，让一颗孤寂多年的心忍不住借着三杯酒停泊了一下。是的，那是个金陵人，明朝旧都的金陵啊！

我常想，有一天，我们老了，光阴就像那个大雪三日的西湖，茫茫的上下一白，我们还有没有张岱那样的幸运，在晚雪面前，在清泠泠的湖水之上，遇到一个痴人，像我们自己一样痴？两个人一起，同醉同归。

我记得，在一个同样大雪的天地里，宝玉出家了。

《红楼梦》第一百二十回里，贾政扶贾母灵柩回金陵安葬，回程的船上正写家书，抬头忽见船头微微雪影里一个人，朝他倒身下拜。待贾政上岸去寻，转过一小坡，人影已是倏然不见，唯剩下白茫茫一片旷野。

宝玉走了。宝玉在茫茫白雪的世界里，飘然遁去。

天地大白，他在雪地上留下的一串脚印，很快会被一夜的飞雪覆盖、抹平，像他不曾来过，像这个世界真的只是做了一个梦。

宝玉走得那样决绝，对于父母妻子，他是皆无留恋意。这样的决绝，让人觉得他不像是出走，倒像是千里万里地回家，回另一个真正的家，回到幻境。

最近迷上一个名叫张望的摄影师的作品。他的作品奇美，他的经历传奇。据说他卖掉自己的公司,只身进了庙宇,却不为出家。

张望在寺庙里,举着相机,拍佛像,拍僧人,拍寺庙后面青藤缠绕的古桥与潺潺流水,拍朝雾里初绽的白花和香炉里袅袅升腾的烟雾……在他的镜头里,阳光透过廊檐下的玻璃,斜斜照射在正坐禅的僧人头顶上、肩膀上、脊背上,仿佛每个僧人都成了佛,无限光明,无限慈悲。

我最爱玩味的是他那幅寺庙覆盖白雪的照片,层层叠叠的屋顶一片冷白,想必彼时香客寥寥,庙里清寂。覆了白雪的飞檐下,一行身着黄色僧衣的僧人从庙里走出来,他们踏过石阶,踏上石桥……画面冷冽,阒寂,遥远,庄严。让人忽然顿悟,生命在天地之间,该是这样珍重以待。

张望的作品,静寂,空灵,悠远,又有生机。他住在寺庙里拍寺庙,他的心里住了佛,所以他眼里的世界,纤尘不染,古朴清幽。他的心,纯粹得如同白雪覆盖的世界,也是上下一白。

我为他感到欣幸,在梵音和佛影里,找到了自己摄影艺术的根,也找到了灵魂的根。他是个有归处的人,看他本人的照片,嘴角上扬,眼神温和,神情像秋叶铺满大地一样辽阔安详笃定。

朋友在微信里晒照片,也是一幅雪景,我看了,心疼半天。一望无垠的雪,雪上没有脚印。雪的尽头,是一座飞檐黄墙的房子,大门紧闭——那是一座寺庙。我看了好久,好久,莫名想哭。

有一天,时光如同纷纷扬扬的大雪,而我,长路跋涉,已然是厚厚的白雪在肩。彼时,在白雪尽头,有没有一座覆雪的房子,吱呀一声,深深地打开,为我?

霜　荷

到中年，常暗暗敬重那些带霜气的事物。

秋冬之交的残荷，最见霜气。那时，池水枯落，细细的波纹里，荡漾着一个不断消瘦、渐行渐远的世界。那些枯干的莲叶，或破败似行脚僧的袈裟，或皱缩成穷苦老妇的脸。那些瘦骨嶙峋的苍黑荷梗，细长伶仃，横竖撇捺，令人想起瘦金体。

见过许多幅枯荷图，大多喜命名《十万残荷》。画有高下，只是心每次都会被这命名给钝钝撞击一下。十万，残荷，是十万吨的胭脂红被掳走了，十万吨的水粉白被劫掠了，还有十万吨的青罗绿缎被搜尽了，十万个少男少女的青春芳华被踏碎了，十万座温柔富贵乡被攻破了。每次站在残荷画前，像站在秦砖汉瓦的残垣断壁面前，仿佛看见屠戮，仿佛听见哭泣与低沉的哀号。那些曾经意气风发的荷，如今折戟沉沙，集体阵亡，含恨交出国度，给了水，给了天，这是怎样一种悲剧啊！

已故诗人陈所巨有篇美文，叫《残荷》。他在文中感叹道："残荷不再美丽，不再青春勃发……人说，残荷老了，生命留给他的大概就只有怀旧、忏悔与叹息了吧。"在寂寥的冬夜，听读《残荷》，窗外冷风呼啸，遥想故乡的池塘上荷影隐约，便觉得小屋的灯光与书卷，处处都覆上了枯荷的霜气。

霜冷了。冷了老城，冷了江乡，冷了长路与客心。

每一个生命，都有走到残荷的时候。这是属于我们每个人的悲剧美。

朋友画荷，画得多的是夏荷。

那些墨色夏荷，浓浓淡淡的叶，层层叠叠，高高低低，以群居的状态熙熙攘攘地存在，像一群少年春日里放学归来，一身的蓬蓬朝气。朋友的夏荷，是青春的、明媚的，带着些洒然与自得，甚至有清脆的铃声叮当。

很少见到能把夏荷画出霜气的。

从前买过一本金农的画册，画册里有一幅荷叶图，一枝荷叶，墨色冷寂，在一朵莲花之下，大如玉杯，仿佛里面盛了冷香，盛了一生的霜。那荷叶与荷花，还有最下方的一朵嫩荷，在米黄的纸上，婆娑相扶携，有一种朴拙感，一种滞涩感，一种黄昏感。我看了，心里凛然一惊，原来在盛夏的接天莲叶之间，还有那么一两片叶子暗暗起了霜。那是精神世界的霜。

大约，也只有金农，能把一枝青叶画出旧年旧事故国故园的霜气。有人说金农的艺术是冷的，他是"砚水生冰墨半干，画梅须画晚来寒"，他是一生冷艳不爱春。

我常想，这样霜气的青荷，一定要在泛黄老宣纸的毛面去画吧，运笔不那么畅，一折一顿，恰似一步一坎坷的人生，末了，还要用上欲说还休的几笔枯笔。这样的霜气，透着距离感，有疏远、冷落、节制、清醒的意思。

朋友说，他画了太多荷，可是很难画出金农笔下的那种霜气。在艺术馆展厅里众多的荷花图中，我欣喜见到朋友的一幅。这幅荷里，难得见出一种霜气，一朵红色小蕾将开未开，而小蕾身下是一枝荷叶拦腰折下身子，昔日圆盘似的叶面已经枯皱成锈蚀的铜钟——那是秋荷。墨里添加了一点赭石，借助赭石，略略讨了点巧，将水墨画里揉了一点西洋油画的技巧，秋荷的斑驳枯老有种金属般的重量。

画出霜气，不只是靠墨靠色靠技法，还要有浩浩大半生的风烟岁月做底子。

敬重霜气，那是直面和认领人世的空旷和寒气。生也有时,败也有时,尘世间的霜,懂得默然去品味,这是中年人的胆气。

在清寒的冬日清晨,出门远行,呵气成霜,天地飞白。一粒人影,小如尘芥,也大得可顶起一轮朝日。

梅　心

初识梅，是在画上。

童年住的逼仄老房子里，在粉了白石灰的堂屋墙上，挂着一幅寒梅图。是嶙峋的山石旁，立着一棵红梅，开了一树的花，一坨一坨的红啊，湿答答地堆着叠着，仿佛要从泛着淡黄色的纸上突兀出来，带着一团一团的喜气，浪似的溅到怀里来。

在未解人生苦寒的童年里，那眼里的梅是妖娆和热闹的，能映红那样一个纸灯笼大的少时岁月。虽然日子有一点贫薄的浅灰色，但心是欢喜的。那梅花开到我心里去，以至有蜂飞蝶绕的生动。我穿的小褂子上，有那样一朵一朵的红梅，把镜子里的那一张小脸也映得漂亮可人了。母亲为我一针一针纳成的绿布鞋的鞋背上,也有用红色的毛线绣的大朵的梅,像妈妈的笑脸,我房前屋后地蹦跳,头一低,就能看见。甚至与我逗玩的那些堂姐们,她们的名字里,多半喜欢嵌着一个"梅"字,像粒花纽扣一样招眼。叫"梅"的堂姐们常常牵着我的手,穿过乡村的河堤,去田野捉萤扑蝶。

少时的岁月,每一个日子都是一朵才放的梅花,都是红艳艳的暖,叫人贪欢。少时的心,清清浅浅,盛满了生命里最初的点点碎碎的欢。

待识字读书,再看那书里的"梅",分明是着染了一层爱情的薄凉与惆怅。可不是?旧式文人笔下的爱情,大多是牵扯着梅花的。《牡丹亭》里,杜家小姐因相思而死葬在梅花树下,柳家书生因为梦见了一位梅花树下的女子,于是给自己改了名字叫"梦梅"。十六七岁的年龄,看巴金的《家》,恋恋放不下的是一个叫"梅"的女子,她的无言低眉,她的泪水偷拭,道尽了爱情的凄婉苍凉吧。及至那一年坐在电视机前看电视剧《家》:觉新在梅树下拣了落下的梅花花瓣,在地上拼了一个"梅"字,深情得叫人心酸,一阵风来,吹走了地上的那个"梅"字……梅表姐走了,她坐了船,白的手帕子丢进风里,自风里又飘落在水上。大约从此泪水干了,用不着手帕子了。电视机前的我,泪水在眼里含着,整个屋子朦胧在一片咸涩的泪光里。

那时候,我的心里也是在喜欢着一个男孩子啊!但,他不知道。和他偶尔碰面,只淡淡地笑,像无风的海面,而心里,盛的是一片浩瀚不安的咸涩。日日从他眼里过,却不敢跟他说,说了又有什么用?转眼之间,我和他,将要分开,各奔前程,谁能抓得住谁呢?暮霭沉沉楚天阔,从此以后,那些浩渺的岁月里,怕是再也看不见他的影子了吧。这场一个人的喜欢,是强忍在眼里的泪,没有掉。

那些阳光下的爱情是怒放的玫瑰,我的,则是风里飘零的梅花,注定了在那样青葱的年华里无从把握。但是,花谢花飞飞满天,那喜欢和忧伤曾经那样塞满一颗稚嫩的心,濡湿了一个季节。初恋的心,是梅的心,薄凉,无力,一片怅惘。

那一年,生活失意。朋友不在身边,又不敢对父母说,怕他们担心,只能一个人默默扛着,湿淋淋地过着暗淡的日子,甚是落魄。为了排遣,为了自救,于是找一份事来做,结果,渐渐有了起色。有一天,坐在安静明亮的办公室里,看见窗外的梅,忽然想起"梅花香自苦寒来"的句子,俯首沉思,算是有几分懂了。也许,人生里的有些暗淡正是为了成就后来的明媚吧,山环水绕,柳暗花明,咬牙再走走,便见无限风光又一村了。以为很多河过不去,但斩木为船,还是过去了;以为很多山翻不了,但披荆斩棘,也还是翻越了。是的,虽然辛苦,虽不从容,但都过去了。这一刻,才真正感觉自己是一簇开在枝头的明艳的梅花。不是四月阳光正当好才盛开的蔷薇，不是牡丹与芍药，是一路忐忑一路风霜走过来终于迎见朝阳的红梅。生命的风骨之美，真的是穿越风雨之后的那份沉着坚定与昂扬自信。虽然，此后的岁月一步步往深处走，将渐渐成为落光了叶子的枝干，不甚明媚，有一点灰褐的暗淡，但我知道，心中永远会开着一朵傲寒的红梅。

人近中年，婚姻和事业都已尘埃落定，牵着孩子的手，走在春天的阳光下，看见红梅零落，心竟并无十分忧伤，因为，又看见了迎春花开。走了小半生的路，终于懂得，那为春天引路，然后又为十万春色让出枝头的梅的心。"待到山花烂漫时，她在丛中笑。"牺牲，让位，谦逊，无言，这是梅的生命里最后一节华章。在广阔的生活大舞台上，大爱大美的心，不是争当主角，而是懂得幕后的价值——成全他人，成就事业。

墙角的梅，还是画里的梅，还是书里的梅，还是诗句里的梅，不同的是，我们有一颗不断成长着的心——越来越开阔，温厚，敞亮。

萧萧白杨

看白杨,在西北。

第一次见白杨,是在新疆。车窗外,远远看去,肃肃一排绿树,挺拔,干净。

白杨树大约是我见过的生长得最专注的树了。树干挺拔向上,像毛笔的中锋,笔直指向天空。于是,那些枝枝叶叶们仿佛都有了方向,一起喊着号子似的,挤着挨着,几乎垂直地把丫枝也伸向云朵。在那些丫枝里,没有一个是逃兵,哪怕一点点的异心,它们都没有。看着那样统一步调的丫枝,在主干的统领下,向上,向同一个方向,会让人心底涌起"忠诚"两字。

和白杨相比,感觉南方的树木是娇生惯养生长出来的。

南方有佳木，这些佳木们枝叶蓊郁，八方伸展，一副柔媚多情的姿态。而白杨呢，白杨有纪律。它大约是乔木中的君子，行坐端庄，乃至庄严，委实是穆穆君子风。

以前读《古诗十九首》里的《去者日已疏》时，读到"白杨多悲风，萧萧愁杀人"，我以为白杨秋风是一幅仓皇晦暗的画面。大约是，长空寥廓，衰草连天，白杨树破败潦倒，像个行脚僧一样，背影模糊在黄沙连天之间。

《古诗十九首》里还有"白杨何萧萧，松柏夹广路。下有陈死人，杳杳即长暮"。萧索沉寂悲凉的气氛，让人感觉像是被冷风猛灌一口，凉到心窝、到脚底。"白杨何萧萧"，"萧萧"是白杨在风里落叶的声音——长风浩荡，秋色肃杀，和落叶一起沉寂于大地的，还有永不复返的生命。生命的归宿，就是沉寂于永远的黑夜。

《古诗十九首》里，白杨就这么萧条冷落，似乎一直在很悲剧地落叶子。

后来做中学语文老师，给学生讲《白杨礼赞》，依旧将信将疑，以为作者是怀着主观的偏见，生生把晦暗苍凉的白杨给提亮了。直到自己亲眼看见白杨，才惊觉白杨原来并不那么萧索。

在新疆，在秋日朗照的天空下，看到水渠边的一排白杨树，我竟然也和上个世纪四十年代初的茅盾先生一样，惊奇地叫了一声。

白杨实在英挺,是纤尘不染的那种英挺伟岸。

走在新疆的土地上,常常会为一排两排的白杨驻足。我欣赏白杨,像欣赏一个风姿洒然的男子,雄姿英发,羽扇纶巾。

二十多年前,中师入学时军训,跟着教官在九月的大太阳底下唱《小白杨》,对歌词没认真,没有慷慨地放开喉咙,只是跟在众人后面哼着旋律,也许因为那时对白杨陌生。到了新疆,才深深地感受到白杨的气质值得一再歌唱。

"微风吹,吹得绿叶沙沙响,太阳照得绿叶闪银光。"

风吹白杨,万叶翻动,铿然有声。西北地区的树木和南方相比,还有一个特点,就是叶子要稀一点。风可以敞开膀子从叶子的间隙穿过去。不像南方的树,叶子太密太厚,永远是荷尔蒙旺盛的青春期,风一吹,声音模糊得没有重点。

在新疆,在白杨树林里漫步,会觉得自己整个人被打开了。从视野,到心胸,都有一种豁然开朗的明亮。那一棵棵白杨,整整齐齐地立在路边,立在宅院前后,立在葡萄园旁边,那般忠诚。可是,树与树之间,又是疏朗的,没有杂乱树枝彼此缠绕相扰。每一棵树,都那么独立。因为独立,彼此之间就有了空间,就可以让风穿过去,让阳光穿过去,让视线穿过去。站在树下,仰视树顶,每一片叶子都像是纯银锤出来的，在阳光下闪着结实的光芒。

还有那白色树干，光滑笔挺，有一种绅士式的洁净。

南方的湖滩上，江堤下，也有杨树，那是意杨，属于引进的外来物种。意杨生长快，颇具经济价值，所以在南方广为种植。和白杨相比，意杨是俗气的，格调不够。怎么说呢？意杨不仅树干的颜色要浑浊一些，枝丫伸展也无章法，就是一副嘻嘻哈哈张牙舞爪的模样，不懂规矩。只有白杨，像是从古代走来的，举手投足，一颦一笑，都有分寸，都有来历。

我喜欢白杨，喜欢它的这种自律、干净、疏朗与简洁。它就像人群里难得一遇的谦谦君子，儒雅，低调，谦和，懂得节制欲望和情绪，与攘攘尘世总是保持一段距离，可是又是有力量的。我站在白杨下，听风吹白杨，感觉像是站在欧洲的百年老教堂里，听虔诚教徒唱诵赞美诗。

白杨入画，但不是中国水墨，而是西洋油画。

中国水墨阴湿了一点，幽暗了一点，而白杨是明朗的。在西北无边无际的阳光下，白杨被照耀得通体明亮、气宇轩昂，翠绿的叶子和纯白的树干色彩饱和度那么强。西洋油画，用色饱满，适宜画白杨。白杨在油画框里，用笔直的枝干和茂盛的叶子来表达阳光醇厚、天空高远。

站在白杨林里，你看见的是林子的辽阔，是天空的辽阔。

去交河故城时，我在吐鲁番的一条水泥路边停了车子，特意下车，亲手抚摸了一棵白杨，心里轻声问道："白杨，你好！"

交河故城是唐朝的安西都护府遗址，地址在吐鲁番。安西都护府是唐代西域的最高军政机构，首任都护是乔师望，他是唐朝将领，唐高祖的女儿庐陵公主的驸马。后来，接任的郭孝恪，击败龟兹后，把安西都护府从交河城迁到了龟兹，即今天的新疆库车。此后，安西都护府在唐蕃战火中几失几守，最后府衙基本稳定在龟兹。

王维有首诗叫《渭城曲》，也叫《送元二使安西》："渭城朝雨浥轻尘，客舍青青柳色新。劝君更尽一杯酒，西出阳关无故人。"王维诗里的"安西"，已经是位于龟兹的安西都护府了。

在唐代，从长安望向安西都护府，那是山长水阔、黄沙漫天。那些远赴西北镇守边塞的文武官员，那些从长安出发、迢迢行走在丝绸之路上的商贾，那些鞍马风尘夜夜望乡的中原士兵，一定在不遇故人的孤独中，用白杨的葱茏喂养着乡思和希望。

"将军角弓不得控，都护铁衣冷难着。瀚海阑干百丈冰，愁云惨淡万里凝。"边塞诗人岑参在《白雪歌送武判官归京》里，写出了边地苦寒却也雄奇的大观。那时，岑参第二次出塞，怀着建功立业的志向，来到安西北庭节度使封常清幕下任判官。新的守边人来了,老的守边人回去,一拨拨人马轮换,用人之颠沛换国之长安。岑参来给他的前任武判官送行,"轮台东门送君去,去时雪满天山路",那时,西北的白杨一定落光了叶子,在漫天风雪中伫立成千树万树梨花开的样子。

当春天来临,交河故城的城墙下桃花盛开,一千多年前的春天,白杨也在春风里萌发新叶。那些一拨拨来过西北、驻守过西北、穿越过古丝绸之路的人们,是否会于深深的孤独中,慢慢散发出白杨的气质?

如果有白杨,又何惧大地空旷。

千年紫柳

在海拔一千米之上的高山沼泽里，紫柳，生长了一千多年。

时间像一条体形细长正在修炼的小蛇，蜷了身子，一圈一圈，在紫柳黝黑的躯干里，禅坐成纹理缜密的年轮。在人迹罕至的高山密林之间，这些紫柳仿佛是秦汉时守边的老将军，白髯飘拂之间，依然不失那一股铮铮的英雄气。

在夏日浓醇的阳光里，我踏在一条蜿蜒穿过沼泽的木桥上。木桥窄窄的，只合一个人驻足流连，不适合众人喧哗对谈。赭黄色的木桥，仿佛祖传的已经泛黄的白丝带，牵引着我就这样走进古旧的时光里。

左边是斜了身子的紫柳，右边是佝偻着脊背的紫柳，眼前是紫柳，身后是紫柳。我的心倏然紧起来，只觉得身在营里，四下里尽是一股腾腾的兵气与豪气。我历来都以为柳的性别是属于女性的，可是紫柳是个例外，它似乎是壮年至暮年驰骋在疆场风沙霜雪里的征人。

停了步子来看，它们的叶子并不十分茂盛。有的是只在干顶上有疏朗的一丛，风展开腰身从枝叶间经过，星光像白鹭似的一群群从树叶里落下来，在低处的草叶子上敛了翅。有的已经老得放浪，脱尽枝叶，只光光的一截屈曲而嶙峋的干杵在眼前，然后发笑似的在根部又发出矮矮的一丛绿叶来。那些叶子的形状，是男性的浓眉。西湖边垂柳的叶子细长单薄而纤弱，是女性的眉。而紫柳的叶子是稍微拉了拉的椭圆，颜色深碧，质地比垂柳的要结实浑厚，晴空下，绿蜡一般，灼灼反射着一团团饱满坚实的亮光来。

在紫柳园，我几乎没有看见一棵笔直生长着的紫柳。它们或斜或倒，有的已经空了心，有的也枯了梢头。孤零零的干，远看，是国画里一笔怆然折转着的老黑。恍惚中，我仿佛看见，在一个浓云密布如大军压境的黄昏，狂风叫嚣翻过山头，扑向这一片紫柳园，一棵紫柳繁茂的枝叶被收缴而去，一棵紫柳黝黑粗壮的干戛然断折，雷电的白刃唰唰砍下，剖开另一棵艰难站稳的紫柳的身躯。在紫柳的身边，我看见了蕨和茅草等来自《诗经》年代的久远植物，以及几样叫不出名字的细弱的藤蔓植物。品种寥寥，似乎在无声诉说紫柳的寂寞。或许，苦难和寂寞，原本就是一种修行，所以才有了活了一千多年的紫柳。

一千多年啊！一千年，这山下，王朝兴替了几十个。一千年，山中一个普通家族兴旺繁衍了几十代。一千年，这山野上的杜鹃花耗尽心血开落了一千次。一千年，前面的代代朝朝已经成土，山中某族的后人或许已流落他乡，而杜鹃，或许经蜜蜂做媒，已经变异了品种。只有紫柳还在。还在这高山之上，在春夏之间的五六月里开着白花，漫天吐絮。每一朵柳絮都是一个词语，它在娓娓诉说这千年的变迁事。一千年，紫柳太老了，但姿态依然刚硬遒劲。铁一样屈曲突兀的干，如游龙，似苍鹤，还在向上，身段不肯低下来。紫柳的老，是老骥伏枥、志在千里的老，是白发的辛弃疾醉里挑灯看剑的老。时间淘洗人事万物，一棵植物，就这样巍然挺立在时间的洪流里，成了树之王。

我穿着绿条纹的裙子，像江南石桥边一片婉约的垂柳的叶子，悠悠飘进这一片紫柳园。当我离去，离开生有紫柳的妙道山，离开岳西县，一路上听着车窗外的铿锵雨声，忽然觉得我的生命经脉里似乎有紫柳的汁液在铿锵流淌。

生命是一场修行，在得道者那里，时间在他身上被成倍延长、展开。

看 云

看云最宜在午后。

尤其是夏天,梅雨季节,一场骤雨初歇,天空格外明净高远。这时,躺在靠近阳台方向的藤椅上,看那飘在青空里的云。那些云好像吃草的羊,已经吃到了山顶上,体态丰硕,神情悠然。

夏季水丰,水汽蒸腾,所以养出来的云总是蓬蓬的、润润的、轻轻的。我看着它们在天空里飘,飘来了一片,是孤帆,又飘走了。可是又有成群的云朵来了,好像梨花满山坡开放,春色盛大清美。我家阳台正对的这片天空,有时是落潮的海,有时是波涛起伏、浪花扑打着岩石的海湾。

那些云,各有各的性情姿态。它们经过我家阳台边,之后消失，又经过别人家的阳台。像时间和生命。我拥有蓬勃的生命的时候，一些人已经衰老；我衰老走完人生的时候，新生的婴儿在襁褓里哭泣。生命和时间，是我的，但并不总是我的。

那些云，都有前世的吧。前世，有的是黄河之水，有的是长江之水，有的是屋檐下水洼里的水，有的是植物经脉里流淌的水，有的是伤心人和欢喜者的泪水，有的是春晓花蕊里的露水……它们的前世，有的壮阔雄浑，有的渺小卑微。但是现在，它们都是天空里的云。一样的天空，一样的旅程，一样的命运，一样的使命——化成水，再回到大地，再次演绎纷繁的一生。

第一回坐飞机，是从合肥的老机场骆岗机场坐的。飞机升到空中，我终于好近好近地看到了那些白云。它们真白，真轻，萦绕窗外。飞机在云中，我在飞机里。我猜想，我乘坐的飞机穿过云层时，会不会把这些又白又嫩的云弄疼了？我看见云在窗外翻涌着身子，好像即将临盆的孕妇；然后有一些云，变成水滴，提前回到大地江河。

看云的时候，我真想也变成这洁白轻盈的云朵。

但我知道这永不可能。云能变成水，而我只能变成尘。好在，尘总是要被水洗的，成为大地的一部分。

想起小时候，大晴天里，放学之后故意迟迟不回家，枕着书包躺在江堤上的秋草里，看暮云。有的白得像雪，有的被夕阳照成了绯红色，像新娘含羞的面颊。我那时老嫌云走得太慢，比吃草的牛走起路来还要慢。我也嫌天空太过辽阔，这么大，云要走到何时才能到家？而我，只要起身，肯定比云先到家。我一边躺着看云，一边听着草丛里虫子的叫声，马兰花在耳朵边摇曳，散发清幽香味。泥土里的湿气顺着杂草的茎叶，绵延到了我的衣服和后背。我恍然觉得云也是那样软而凉的。

现在，我也偶尔躺着看云，不觉得云走得慢了，反倒羡慕云的悠然。那么辽阔的天空，它都有耐心去慢慢走，直到把自己走完，走成水滴降落人间。

云不仅悠然，也洒脱。它哪里都去，哪里都不停留。无数次，我坐船过江，水天茫茫之间，都会看见一些或聚或散的云朵。我们过江，云也过江。我在江边用手机拍，拍云朵，拍云朵之下的江水，拍两岸绵延的柳林。等我返程过江的时候，如果再拍，手机里的云朵已经不会是现在的这几朵。江水、云朵、渡船和我，机缘让我们此刻构成一个画面，停留在同一个时空里。但是，下一刻，春云渡江去，江水也片刻不停留。想想，其实也没什么好伤怀的，尘世间的相遇，说到底都是一个偶然事件。因为偶然，所以转瞬会消失，会变卦，会走样。

只有结伴,没有停留。只有暂时相遇,难有永远守候。在松竹森森环绕的大山里,我看见过一池碧蓝碧蓝的水,蓝得像暴雨过后的天空,蓝得像月下美人的眼泪,蓝得我不敢走近水边,怕我的影子冒犯了它的纯粹。可是,我看见了水里的白云。这么美的水,这么美的白云倒影。倒影也在水里漂移,白云依旧要往远方去。

费翔唱《故乡的云》:"天边飘过故乡的云……"其实,白云没有故乡。

吃在秋

秋风起,就想起草原部落。草肥马壮,放眼望,江山格外辽阔。

人到中年,越发觉得体格决定了一个人的心胸眼量。有气力了,才敢谋事,才敢谋划人生与将来。

或者说,吃好了,身体有了,胸怀就有了,就敢提笔勾画宏图了。

吃在秋,在秋之山野。

我喜欢春秋两季进山,春为食笋,秋为食栗。秋天,看罢才霜红的乌桕与枫叶,在莽莽大山之下的某个山野小店或农家乐,定要点一盘仔鸡烧板栗吧。坐在松木桌子边,面对店家端上来那盘红汪汪金灿灿的山肴野蔌,只觉大山和秋野如此敦厚待人。而才过完的那个漫长的苦夏，也被眼前的鸡肉与板栗香熏染得有了绵长的回甘之味。

有一年初秋，我们一帮老友去皖南，午饭在山中，主人杀鸡剥栗。那公鸡羽色鲜艳，站在树丫间引颈长鸣，自在得像个乡间的歌王，可是只两个钟头，便成了我们餐桌上的美味。那板栗也是在我们到来后，主人举竹竿新打下来的。我们站在板栗树下，举头望树顶，真是一棵老树，有三层小楼那么高，想来应是主人的爷爷种下的。我们在宽大的板栗树荫下帮主人剥板栗，第一回体验剥这种一身是刺的坚果，真是有趣。

万物生长，到了秋天，那肌理之间都透着实诚的意思。因为过了一春，又过了一夏，有漫长的时间参与其中，就少了轻薄浮躁，多了沉实静穆。

秋食山野乌桕枫叶的色之美，也食家禽果蔬的味之美，所以，在秋天因为吃而贴上的这层秋膘，也隐约透着山水壮阔的意思了。举目远望，季节一步步向萧瑟苦寒之境深入，雨雪霏霏的日子长得很，披上这层山水壮阔的秋膘，带着这温热柔软的脂肪，向风雪征伐，向春天挺进。这样，对于一切，都有了信心。是不惧，是静等。

如此，在秋天，开怀一吃，真是一件接地气的事。吃出一层秋膘来，可以是真理。所有的哺乳动物在越冬之前，都需要为自己在肌肤之下储存黄金般珍贵的脂肪。

吃在秋,也在水乡泽国。

一到秋天,我就喜欢频频回乡。成年人的所谓思乡,许多时候是思着念着故乡的美味。秋风一起,待合肥芜湖路的老梧桐开始落叶了,我便要回老家吃螃蟹了。老家是长江边一小镇,菜市场里,我最喜欢逛的是卖鱼虾螃蟹的区域。

鱼虾螃蟹都是活着来菜市场的,它们不能"躺平",一"躺平"就掉价。它们不解人间忙碌,在塑料大桶里摇着尾吐着水,嬉戏中待售。到菜市场的水产品区看鱼虾潜跃,会觉得每一日都这样充满生气,最能治愈心情低落。

我喜欢买小杂鱼,一堆小鱼里有昂丁、鲫鱼、白鱼,甚至还有鳑鲏,有时还掺几尾河虾在其间。小杂鱼清洗滤水后,菜籽油、姜丝入锅,简单烙过鱼身后,便加热水煮,煮时筷头子再挑点猪油放入汤汁里。诸样小鱼,各有其味,放在一起混煮后,各种味道又相互成全,然后综合,成就一锅滋味丰富的小杂鱼——钙质丰富,蛋白质丰富,微量元素丰富,够鲜。吃这样的小杂鱼自然不会添膘,但鱼汤最能佐饭,有此鱼汤,一餐饭扛上两三碗米饭不在话下,到底还是让人添膘了。

买鱼时,我肯定还要买螃蟹,这真是贪吃了。一年当中,若没好好吃个秋天,便算是虚度一年。一秋当中,若不足足吃上几顿螃蟹，便算是虚度一秋。

吃螃蟹，我倒不喜欢清蒸。清蒸太文气了。我喜欢煮。螃蟹买回家，刷外壳，刷腿螯，清洗干净后入锅，放清水适量，放盐少许，放姜，放朝天椒，盖好，起火。

螃蟹性寒，加了姜和辣椒同水煮后，姜味和辣味深入蟹肉，去寒卓有成效。吃蟹时，剥开蟹盖，先吮吸蟹盖里的汤汁，美味无比。只有和水煮过的螃蟹才有这样情意绵绵的汤汁。然后，佐镇江醋食膏黄，食蟹肉。

一个人间的秋天，在食蟹里抵达最高光的时刻。

天地生万物，那么多美味的食物在秋天殊途同归，抵达我们身体这个小宇宙，最后转化成为我们身体的一部分。如此，我们在人间行走，像是奉着万物的嘱托了。

总得胸中怀着点什么，把路走得长远一些。

知母,知母

知母,是草。也是药,中药。

所有的中药都具有母性,所有的草都是谦卑的。

五月里,我到亳州去,那里是中国著名的药都,华佗的故里。人在高速上,远远看见平坦的黄土地上一片片低矮的绿色,细长的叶子微微摇曳,比菖蒲要瘦。忽然想,那是知母吗?

在亳州的中药大厅里见到知母,是知母的根,苍老的根,黄棕色。我掂出一根来嚼,微微的草木气和泥土气之后,是微微的甜和微微的苦。这是年老的知母。

年轻的知母呢?抬头,年轻的知母在高挂的照片里。一丛无邪生长的葱碧知母,叶片纤瘦呈披针形,叶由基部丛生,欢喜披拂于风日里。像一群十七八岁的乡下姑娘，还没有出嫁，还没有经历浆纱缝补的艰辛日子，她们相约着去垄上看花。我想，年轻的妈妈当年一定也是这样，紫衣翠袄，像绿叶丛中亭亭探出的一枝知母的花。

想象秋风浩荡时，百草凋零，亳州的那片古老土地上，知母们从泥土里起身。药农们挖出知母的根，一节节棕黄附有毛须的新根在秋阳里翻晒，空气里飘散着隐约的草香，像植物们在抒情。三五个太阳之后，知母们拍拍身上的残泥，簇拥着走进了中药房棕黑色的抽屉里，去完成自己的使命。《神农本草经》上说知母"味甘，性寒。主治消渴，消除热邪；治疗肢体浮肿，通利水道；补益不足，增添气力"。这就是知母，不论自己是甘是寒，还是如此普通平凡，唯知自己的使命便是救病体于水深火热中。这便是一味草药的母性。

闲来乱翻书，原来知母这名字是有来历的。从前有一采药老太太，无儿女，给穷人治病也不收钱。眼看年老，后继无人，于是想出认子授艺的法子，但一连认了两个儿子，都是势利之徒，识药的本事就没传。后来她在一次乞讨中饿晕，为一樵夫所救，并被当作亲母一般奉养。老太太临死前央樵夫背她上山，一一指他认药。老太太问樵夫，可知她为什么会选他传艺。樵夫说，妈妈一定是想找一个厚道之人来传，不想居心不良之人靠识药行医来发财、坑害百姓。老太太笑了说,你真懂得我的心!于是指着脚边那一丛还没有名字的草药说,就叫它"知母"吧!

想来,懂得心意才最可贵。想起自己的少年,想起在母亲身边的那些旧事,不禁羞惭。那时,家境窘迫,母亲虽爱打扮,但也只能常常着粗陋的衣衫。有一年冬天,临近过年,我看见母亲站在镜子前,悄悄试穿一件秋香色上衣——但我没有看见我的新衣。我愤怒至极,当着母亲面,抽出剪刀来剪碎了它……如今,我也做了母亲,也到了母亲当年试新衣的年龄,我也爱美爱置新衣,想起当年的那一剪刀,一定伤得母亲流了许多泪。

夏天去商场,给婆婆挑衣服。婆婆胖,衣服难找。但依然挑到一件短袖,白底子上是繁复的蓝色小花。最美的是领口,镶有一圈同色打褶的荷叶边。回家递给婆婆,她喜欢得要命。春天给妈妈淘得一双布质的绣花鞋,看鞋的时候,心情奇怪,觉得仿佛是给自己的女儿买鞋。想象着妈妈穿上它美美的样子,心里一阵甜蜜。

在岁月的路上绕了一大圈之后,终于开始懂得母亲的心意,以一个年轻母亲的心抵达当年另一个母亲的心。是啊,知母,知母。照片上,一丛知母青叶婆娑,而我,在一味中药面前,想起往事。

杜仲那么疼

到山中去,遇见杜仲。

杜仲是树,一种怀有药性的树。

在气候湿润的长江北岸,在含山县境内的太湖山上,一片青葱茂盛的林子铺展在一片向阳的缓坡上。引路的向导轻轻手一挥,道:"喏,那就是杜仲。"转身看去,我的心上仿佛有露珠在草叶上欢喜颤动,只觉得如遇故人。

一直觉得"杜仲"这两个字是一个人的名字,一个男人的名字。这个男人生在民国,穿洗得发白的长衫,以教书为业,兼以养花种草为乐。"五四"的狂热与激情慢慢在他身上平息,他像一条河流已经走到中下游,宽阔,平静,淡泊。杜仲应该是一个很平民的男人,有烟火气,有书卷气,浑身散发温暖的气息，适合做相伴一生的人。两个人一起做完家务，围着桌子同饮一壶暖暖的下午茶，看着日头从花架子上缓缓掉下去……

我在太湖山的林子间小伫一会儿，端详杜仲。它们该有两三层楼那么高了吧，椭圆形的叶子层层叠叠，高高撑起一团浓荫。布满锯齿的叶片在阳光下被风轻轻掀动，似与来客默默颔首示意。彼时已经春暮，没有看见杜仲开花，想来花是早已经谢落。年节已过，红装收起，素衫上身来持家。不知道那么高的乔木，若是簪上花朵会是什么样子。回家上网查阅，杜仲竟然还有雌雄之别，雄花开得灿烂，白白粉粉的一簇，如同热闹的蝴蝶会；雌花开得素洁雅静，矜持如小门小户的女儿，青衫绿袄包叠得紧紧的。

直到有一日，在一本关于中药的书上读到杜仲名字的来历，心才疼起来，原来杜仲真的是一个男人的名字，只是远不是我想象中的那样。传说自然是遥远的从前，洞庭湖上有个拉纤的纤夫，名叫杜仲。因为长年弯腰拉纤，他的同伴们都患了腰疼的顽症。为了给同伴们治病，心地善良的他揣了干粮上山寻药，吃尽苦头，经老翁指点，才寻到了他要找的那种树。他采集满筐满篮的树皮，却因为饥饿和疲劳而昏倒，后被山水冲进了八百里洞庭湖中。待同伴发现他时，他已经死了。同伴们吃了他怀中抱着的树皮，腰疼病去，于是给这树皮隆重取了名字,就叫"杜仲"。

这故事实在让人心疼。一味药对一种病,每一味药的寻找都是不易,需要多少机缘与上下求索来成就啊!

不只叫杜仲的这个男人让人心疼,叫杜仲的这种高大清俊的乔木,因为身体的药性,它的命运也令人疼惜不尽。杜仲作为药材,提供的主要不是花果叶枝,而是皮。是它的树皮。幼时常听长辈一句话:人活一张脸,树活一张皮。记忆里,我的父亲很少去伤及那些树的外皮。而我幼时,曾经因好奇而用小刀去划门前一棵楮树的树皮,竟见奶白色的树汁汩汩流出,自刀面上斜淌下来,一滴滴砸在脚尖处。那是树的眼泪吗?我想。自此不忍再伤害它们。可是,杜仲的一生,却是遭受千刀万剐的一生。

初冬来临,楼下有人在修剪香樟,好接阳光入室,空气里流溢着树木特有的体香。我闻着这些潮湿而奇异的木香,忍不住遥想山中的杜仲们,不知道这个时候它们是怎样的境遇。也许,在一个薄阴的天气里,采集药材的人进山来了,在一棵棵名叫杜仲的乔木面前站定,取出明亮的刀来,在树干上环切一刀,再环切一刀,再补上纵切的一刀,剥取树皮,背篓提筐地出山。留下那些疼痛的树木,自己独自收敛伤口,慢慢生长,重新复原,直至两三年后的采集刀再次从它身上划过。

这样一想，心下不觉生起寒意。杜仲如果还是一个男人，他一定不是篱笆内的那个养花种草的幸福男人。这一世，一定有那么一个或几个人，被我们一次又一次地伤害，如同杜仲。只是，他或他们是始终静立在时光之后，默然无语。

当归不归

"当归"两个字,有中年的寂寥。当归不归,根根叶叶都化成了浓重的思念。

《诗经》里言女子出嫁为归。"桃之夭夭,灼灼其华。之子于归,宜其室家。"小桃儿长得多姣好,瞧瞧那桃花,呀,如此艳丽而有光彩,这个姑娘要出嫁了,想必家庭生活一定和谐美好。一直纳闷,明明是嫁到异姓人家去,如何算得"归"呢?出嫁叫归,那么回家呢?回家也叫归。"归宁"一词说的就是旧时已婚女子的回娘家。

我想,人在此处,心却念着彼处,大概就算是思归了吧。少女时怀春盼嫁,成年后又分外怀念父母及少年时光,两头的奔走,都可谓归。在这两头的奔走中,思念煎熬着一颗永无安定的心。

当归就是一种怀着思念之痛的植物吧。

当归为甘肃特产，素来有"药王"之称，大多的中药方剂里都有当归。图片上的野生当归，细弱伶仃，生长在阴湿的高坡上，顶着一簇伞形的细碎白花，实在叫人怜惜。那仿佛是一位古代的女子，一身青衣，迎面从树荫下走来，独自擎着一把素白的雨伞。她走过我们的身边，幽幽散发一缕忧伤的气息，然后向着远方的高坡上迤逦走去，翘首远方，山海茫茫，望归。

传说里多的是破碎的爱情，当归名字的来历，也是一段伤心事。说从前甘肃有男子名李缘，家有老母与新妻，日子过得清贫安稳。某日因听人说山中有名贵药材，便去采，临走留了话，若三年不归，妻可另嫁。三年过去，李缘未归，一身愁病的妻子另寻人家嫁了。谁知翌日，李缘背着满筐药材回家了，两人再见时相对涕泪满襟，但妻子已是人家的妻子。善良重情的李缘将草药送给了妻子，自此妻子常吃那草药，以疗因苦于思念而生出的枯槁容颜。这样一桩错过的姻缘，实在可惜。

因当归对女子的经、带、胎、产各种疾病都有很好的疗效，所以它被誉为女科圣药。药能治病，但能治心伤情伤吗？那些因为久别思人而衣带渐宽的女子，最好的当归怕还是那在外的人吧。当归！当归！盼的是那人和暮色一道，从山梁上缓缓下来，满面风尘，在院门前卸了行囊，长唤一声："娘子呀，开门！"

　　读余光中的诗歌《布谷》时，总会想起"当归"两个字来。"不如归去吗，你是说，不如归去？／归哪里去呢，笛手，我问你／小时候的田埂阡阡连陌陌／暮色里早已深深地陷落……"诗人在一水相隔的海岛，在清明前后的烟雨里，听着布谷的叫声，一声声，仿佛思乡的钟被悠悠撞响。回不去的是故乡，回不去的是时光，回不去的是唐诗和水墨画里的乡土的中国。文人的乡思如嫣红的落梅，纷纷扬扬，在纸里纸外都铺满了。妻子儿女都在身边，又如何呢；故园不在，更深的思念里一样可以陷落一弯故乡的月。

　　人生如寄，说的是生命短促，短得如同寄居于这尘世之间。其实，即便妻女团圆，即便一辈子不离乡土，深想下去，我们还是这个世界的寄居者。在这个星球上，诗里的长江大河肯定比宅前的两棵桑树存在的时间要长，爷爷种的桑树也许比我们存在的时间要长。时空无垠，生命须臾，我们都是客居者，能归哪里去呢？即便是客居，在这窄窄短短的时光里，依然心在远方，风景在远方，唯一壶烧痛的思念在胸腔。

　　思念时，看月亮，月亮便越发瘦了。瘦削清白的月亮慢慢翻过了那道山梁。月光下，同样清瘦的多年生草本植物当归，在高寒的山顶上又开起素净的小花，自开自落，白如月光。

只是，谁是人间未归客？

第四辑 新凉微茫

看三两根瘦竹,看一二片闲云,一刹那,一恍惚,忽然就想起某个过往的人。忽然间,心如春水,就荡漾开一片潋滟波纹。

彼 岸

秋日去江南。江南尚未老。

溪水潺潺，林木苍苍，红柿和秋香色的叶子并蒂高悬枝头，村郭和山野静美得如唐诗宋画。果真是江南啊，泊在风俗画里的江南。脚一抬，它就醒来，醒在眼前脚下。

流连在一个叫花桥的小镇。一个千百年的古镇，傍依在运河边，仿佛是一只内蕴珠芒的河蚌，安静在浅水软泥之间，一任岁月悠悠来去。

在花桥镇的小街上等车，我与一位老妇人闲谈。一个江南的小女孩长成的老妇人，眉目之间依旧清秀犹有芬芳。她在门前剥豆，招呼我坐她家的板凳。我就和她说老镇，说从前的时光。她说："从前更好看哦，好热闹的，那边还有千佛寺呢！"说着，她剥豆的手一指，朝着远处的一个丘陵。

等来了车，我们一行就去千佛寺。寺庙的规模已经不似从前庞大，半隐半露在树荫和秋日下，有老僧坐禅的阒寂。塔还在。修缮之后的佛塔巍然耸立，一身青灰色，自是古意庄严。

据说，从前的佛塔塔砖，每一块上面都刻有佛像，一座塔想来该有上千佛像了，故名千佛塔。

只是后来，战火、政治运动、风雨侵蚀，从前的佛塔已然不存。想想，即便是一座佛塔，它在时间里，也同样要经受岁月沧桑，经受巍峨、坍塌、重建的历程。

岁月赋予万物，原来都是几乎同样的命运。

有人替佛塔惋惜。我起初也惋惜，想想又释然。在佛塔周围转了转，遇到了一块碎砖，准确说是旧日佛塔的一个碎片。有行家辨认之后说，那是瓦当，上面雕刻的花纹流畅优美，应是旧年佛塔檐边的瓦当。想象旧时，雨水经过瓦当之间流泻而下，一道道，一滴滴，其间梵音悠扬……如今它是碎片了，睡进了泥土和草丛里。

下山的时候，才留意起沿阶边丛生的粉红野花，友人说那是彼岸花。花开时无叶，叶生时无花，花和叶终生不相见，故曰彼岸花。我从前只听说过彼岸花，亲眼实见这是第一次。花开得很热闹，并不见相思苦楚的模样。

后来，在东门渡官窑遗址，又见这种花，野生野长的。朋友挖了几棵送我，我欢喜收下，插在包边，花朵随我一路颤颤摇曳。在东门渡官窑遗址，再次遇见碎片，是陶瓷的碎片。这里曾是宣州官窑的生产地，如今匠人和窑炉都早已消失在历史的风烟中，只残留一些碎片，让我们忍不住沉思怀想当年——瓷器出窑，一叠叠，杯盏盘碟，一一搬上帆船，通过长长的运河运往远方。

回来的车上，有人见我包边摇曳的花，善意提醒我，不要养。因为有"彼岸"两字，可望不可即，这花似乎命带着忧伤的结。我笑笑，执意要带回去。

我以为，彼岸，是河流的另一边，是时间的另一头，是命运的另一面。花开的彼岸是凋零，凋零的彼岸是萌生与勃发。热恋的彼岸是情意冷却与疏淡。欢聚的彼岸是离散人渺茫。青春的彼岸是苍老。我的彼岸，是花桥街上那位剥豆的老妇人。

雨过瓦当伴钟鼓禅唱，千百个佛像砌筑起来的旧年佛塔，它的彼岸是坍塌，是重建，是风雨侵蚀。那个晚唐五代时期的东门渡官窑，它的彼岸是今天和未来，是泥土里残存的碎片。

我们是不会总是在此岸的。在时间的河流里，我们会相继渡往一个又一个彼岸。我们美丽，然后衰朽；我们相思，然后淡忘；我们辉煌，然后落寞。哀伤吗？不哀伤。惧怕吗？不惧怕。时间公平地赋予我们相似的命运，闪躲不如笑纳。

因为，彼岸的彼岸，又有花开，又有相聚，又有辉煌。生命因此生生不息，文明因此薪火相传。

我到哪里去呀？

到彼岸。

幽　居

他们说"宅"。我不说。我比"宅"还要诗意,还要有远意。我是幽居。

我像蝉一样幽居。

像是一只卧在泥土深处的蝉,一卧多年,柔软而湿润。是一只苦蝉吗?

初夏,去外婆家,去童年常常玩耍的池塘边。池塘中间有苍苍芦苇,风情摇曳似《诗经》年代。岸边的沙地上生长绿叶紫苏,成片成片。那些紫苏像过往岁月,散发着一种神秘而微苦的味道。我曾经在那样的沙地上挖过许多次蝉。那样的蝉啊!身子透明而白皙,像个婴儿。

可是,如今我已长大,当我再次听着池塘边桑树上的蝉鸣，想着那些幽居于泥土深处的蝉儿，禁不住潸然。

是把玩终日，涕泪忽至。

那样的蝉，是多年后处于幽居状态的自己啊。

蝉在幽居，是独自在泥土里，自己抱紧自己。没有光，没有声音。只有黑暗，只有泥土。繁花千里，长河浩荡，那些大地之上的风景，一只幽居的蝉永远不会知道。

它怀着疼痛的相思，怀着对绿色枝叶的相思，怀着对阳光的相思，在泥土里独自生长。

对一只幽居的蝉来说，孤独总是那么长，而可以放声歌唱的时光，却总是那么短。

盛夏时节，一个人坐在阳台边听蝉鸣，听得心仿佛杜鹃啼血，片片殷红。

你听啊！"知——知——"

那么悠长的声线，有金属的质感，好像是在锯。锯阳光，锯绿色，锯天空，锯生命。越锯越短。越锯越薄。越锯越黯然。

"知——知——"

那不是风花雪月的吟哦，那是生命苦涩深长的啸歌。在幽暗的地底困守了那么久，两年三年，甚至五年八年，可是，当它用尽整个生命的力量爬出泥土与腐叶，在露水与阳光里放纵啸歌，只有一季。只有一季啊！那么短！那么无情！

所以，我听那蝉鸣，分明就是裂帛之声。

那高枝上短暂的生命,因为曾经漫长的幽居,越发呈现出丝帛一般的华美与珍稀。可是,这帛是被时间的美人在一条一条地撕。"知——知——"撕得秋风也凉了,它的生命便走到了终点。

也许,正因为太短,所以蝉不用嗓子来啸歌,而是用整个身体。它用腹部的鼓膜来振动发出声音,来求偶,来欢聚,来阐释恐惧和悲伤。它是用整个身体来表达内心。那么用力,不计后果,不问退路,不留底。

这样的表达太隆重,以至让人担心,它小小的躯体怎么承担得起?

看过作家路遥的一张照片。那时,他为了写《平凡的世界》,一个人住到一个小县城的招待所里,夜以继日地写,写得不见阳光,写得像只幽居的病蝉。那张照片里,他头发长而显乱,半片阳光从楼顶上斜照下来,照在他的脸上,满脸的疲惫和忧郁,看了真让人心疼。我仿佛看见,我的身体里也住着那样的一只辛苦的蝉,在努力地攀爬向上。黑暗中,还没有生出翅膀,只能靠那几只细软的脚来划开泥土,划开蒙昧,向上,向上。然后登上高枝,刹那华彩。

路遥写完《平凡的世界》,只过了四年,便因病去世。《平凡的世界》照亮了他,也耗干了他,去世时年仅四十三岁。一个男人写作的黄金时代才开始,可是他已经走完了他的一生。

如果生命的华美是这样短暂而疼痛，我宁愿永在地底，永远幽居下去。我愿意放弃羽化生翅，放弃独居高枝、餐风饮露；愿意放弃奢华与光芒，放弃喧闹和虚荣，做一个幽居在俗世的女子。

我知道，许多时候，我只是一只幽居的蝉。

我的生活，简之又简。是过滤，再过滤。一年的时间，只耗在几件简单的事上。养花种菜，写字旅行。爱人，和爱己。我收敛了所有曾经的疏狂，安身低眉在烟火红尘里。寻常又寻常，敛了尖锐的刺和光芒。

舒展一些，洒然一些，轻盈一些。做这样一只幽居的蝉，即使，我有清哀，有黯然，有未语泪先流的刹那心酸和动情。即使，我幽居在这样的一段光阴里，偶尔，还心有不甘。但，我愿意幽居下去，漫漫不问期。

据说北美洲有种十七年蝉，它会在黑暗地底蛰伏幽居十七年，然后出土羽化，生出翅膀，爬上高枝啸歌，雌雄交配，然后双双先后死去。在昆虫的世界里，那真是漫长的幽居。

我愿意做这样的一只十七年蝉，我愿意漫漫幽居，不怕孤独，不奢求绚丽的高枝。

他不知

美人鱼将自己的尾巴用刀子割开,在巫婆的法力下,变成了两条腿。她为了能陪在王子身边,为了取悦王子,忍住撕裂滴血的疼痛,去跳动人的舞蹈。可是,真的好疼,好疼,王子他不知。

她必须嫁给王子,否则,就会咒语灵验:变成气泡,永远消失。王子娶了别的姑娘,他不知美人鱼救过他、爱着他。美人鱼真的变成了气泡,最后消失了。小朋友听故事听到这里都会哭起来,可是王子他不知。

《红楼梦》里,宝玉大婚,大观园里的小姐丫鬟们都忙着当差看热闹去了,只有黛玉主仆在潇湘馆,冷冷清清,形影相吊。越剧《黛玉焚稿》里,王文娟饰演的黛玉在唱:"这诗稿不想玉堂金马登高第,只望它高山流水遇知音,如今是知音已绝,诗稿怎存?把断肠文章付火焚。"

一身青布蓝衫的林黛玉,手捧诗稿,身倚病榻,满腹悲辛,将因宝玉而写的那些诗稿付炉一炬,宝玉他不知。

宝玉那里,是人影簇簇,红烛昏罗帐。咫尺远过天涯,黛玉这里,是悲叹,是怨恨,是绝望。焚过诗稿焚诗帕,这爱情,破碎就破碎,彻彻底底破碎。

"这诗帕原是他随身带,曾为我揩过多少旧泪痕,谁知道诗帕未变人心变,可叹我真心人换得个假心人,早知人情比纸薄,我懊悔留存诗帕到如今,万般恩情从此绝……"

都走了,都焚了,都碎了,从此天地茫茫干净,只落得一弯冷月葬诗魂……宝玉他不知,他不知啊!

有一年的春暮,我一个人走在大街上,阳光好白好厚好暖。可是心中一念生起,悲意盈胸,于是坠下两行清泪来。汹涌人流不识我,也不知我忽然到访的悲伤,我可以低头放任泪水,不必急于擦去。我春日泪流,他不知。我不说,他怎会知?我说了,他或许也会忘记。

两个人,再怎么近,也很难真正地无缝对接。许多时候,一个人,迎向另一个人,像收听广播,在拼命调频,可是依旧声音模糊,刺刺地响了半天,终于意兴阑珊,咔地关掉开关。

我心有冷月，有蛮荒，他不知。

听黄梅戏表演艺术家马兰唱《十年生死两茫茫》，那是将苏轼的词《江城子·乙卯正月二十日夜记梦》谱了黄梅曲调来唱的。苏轼的这首悼亡词，被马兰一演绎，听起来愈加深情凄婉。"十年生死两茫茫，不思量，自难忘。千里孤坟，无处话凄凉……"生死大别，痛的从来不是驾鹤仙去的人，而是健在的那个，像个弃儿，承受无处话凄凉的独自衰老，承受永无止息的思念，承受梦里相逢梦后终虚空的断肠。

他尘满面鬓如霜，她不知。他明月夜里独自遥望短松冈，她也不知。她是远去的云朵，已经化作水滴，归入千万条江河。他怀揣着有她的记忆在人世浮沉辗转，小轩窗，正梳妆，都还历历在眼前，在心底，她都不知。她是那么绝情，一去永不回眸，连隔世窥看都不曾。她的绝情，她也不自知。

人世间，有一种凝望，永远是独自凝望，单向的凝望。思君千万回，他不回顾。

"红楼隔雨相望冷，珠箔飘灯独自归。"李商隐的《春雨》里的句子，最是冷艳凄美。在惆怅雨夜，隔着连天连地的春雨，遥看伊人居住的红楼，内心清冷，这情境伊人不知。只有这雨丝，长长长长，如珠帘飘落在灯笼上，只好独自提灯，转身回去，这落寞伊人也不知。

怀人，从春昼，到春夜，怀得艳艳红楼在春雨里也冷寂下去,伊人都不知。

　　有些爱和痛,只是一个人的编年史。是一个人的低回,一个人的冷雨。只因他不知。

去远方

近来想去远方。

清晨时做了梦，人在画舫上。彼时薄暮冥冥，江声浩荡。那条仿古的画舫，廊灯还没有点亮，朱漆栏杆的色彩在暮色里暗沉，唯有无边水汽濡染出的凉意渗透指尖。我立在画舫逼仄的廊檐下，无端地不胜悲伤。似乎是一个人在水天之间的暮色里穿行，望不见来处，也不知道去处在哪里。

跟我同室的，是个比我年轻的女孩子，面容姣好，有浅浅的欢喜与清愁在眉目之间漾。她问我去过承德没有。似乎她很向往那个地方。我没有去过承德，只在历史课本里看见过，是一个叫慈禧的女人，控制不了局面，仓皇出逃的地方。一个人向往一个地方，或与某种文化或风景有关，或与某个人有关。各人有各人的远方,正如各人有各人解不开的暗结在内心深处躺着。

醒来时,窗外满树蝉鸣,那声线忽高忽低,短短长长。邻家的院子里有洗衣声,自来水入盆,水声哗哗。

想起昨天午后,跟儿子说起云南。"跟妈妈一起去云南大理玩,好吗?"我问儿子。"太远了,好累,妈妈,我不想去。"儿子回我。

我还想试图跟儿子描述那里有石头铺的老街道,有可以发呆一下午的临街酒吧,但一想,这些对于一个十二三岁的少年毫无诱惑力。他太小了,内心中还没有搭建一个需要放牧心情的远方,正如我梦中所遇的年轻女孩,只是想去承德。

也许远方只是一个人的远方,因此,要去,也只能是一个人的孤旅。一念至此,心下释然。

很想去云南。要游罢大理老街后,一个人去看看玉龙雪山,戴着阔大的太阳帽,穿着鼓满风的裙子。看山后回旅馆,一路步行,跟叫不上名字的植物们握手致意。回来,满裙的草木香、雪山气。

还要去云南最偏远的小城,靠近边界的某座小镇。坐火车去那里,一路的乘客不断下车,到了最后的那座简朴小站,车厢里只剩寥寥的几个。我努力不穿奇装异服,努力和他们一样,着朴素的衣,面带淡淡乡愁,像所有外出打工中途回乡的人。我混入他们的行列，在清寂的小站下火车，从容笃定地上街，吃面，闲逛。在那里一住数月。

很想这样，去一个无人认识的地方，将一日过成千年，将每日过成童话一样。太阳下骑马，草地上睡觉，赤脚走在光滑清凉的石板路上，把红花簪在发髻间……与陌生人谈茶谈酒谈四季轮回谈人生起伏，与同客栈的旅人坐屋顶披露赏月数星不知归。与他们是这样，相逢不识，别后不惦记。

我梦里乘坐画舫，暮色沉沉，手扶栏杆时记得还看见了江岸边的芦苇。是深秋的芦苇了吧，有雾气，有霜气，茫茫苍苍，在水汽里漫溯，分外有远意。彼时只觉内心悲戚，仿佛来到大荒中，不知道那是先秦时的芦苇，还是三国时的芦苇。风雅婉约也罢，离乱沧桑也罢，那芦苇在视线与心底，都太遥远了，无法靠近，像一段暗藏的心思永无可能端出来示人。

而我想去的远方，比芦苇还要远。一个人于寒凉江天之间，独自悲欣，独自享受这种纯粹的空旷与寂静。像把一粒受潮想哭的种子，悄悄埋进阴暗荒僻的土壤里，让它完整地走完属于它自己的路程。就这样在无人可识的时空里，坦然将内心的离离荒草清理，然后回头，回到烟火尘世的深深处。

花开得意

春天,坐火车,去一座相邻的城市。不为到达,不为找一个人。只为,看沿途的花开。

火车是老式的火车,绿皮,K字开头,走一城停一城,好慢。就为了这慢。

日暖暖的中午,坐在火车窗边,恹恹的。车厢里弥漫古旧的寂寞气息,大家都不说话,或伏案瞌睡,或低头沉思。那神情,像是在这趟列车里坐了三十年,不曾下来过。火车出站,穿过半个城市,楼丛隐去,城郊近了。看见田地、池塘、村庄、树林,还有嵌在其中的油菜田,大片小片。旅客渐渐从瞌睡和沉思里醒来,转过一个山坳,便全是油菜花了。

油菜花开,金黄,是干净的金黄,纯粹的金黄。远山清秀，只有油菜花在阳光照拂下大气磅礴地绵延，鲜艳，明亮，热烈，仿佛还冒着热气。列车向前，油菜花在窗外的天地之间燃烧，随丘陵起伏，奔腾向远方，吞掉了村郭，吞掉了野林，舔上了远方的天空。心里想起四个字：花开得意。

犹记前年的春天，坐动车，从北京到山西，好快，来不及在车上恍惚一会子。到太原，游晋祠，桃花杏花盛开，一树树燃烧的火。跟一帮男女同学在花下合影，花开烂漫，蛊惑人心。

只是，至今仍有憾事，未与人提。那一次，在晋祠里，看见一块牡丹的花圃。花苞已经打出来，犹现粉红色，只是未开。一朵都未开，我来得早了。花卉里，大约只有牡丹，开起来最见隆重和得意，像状元及第，打马游街。看牡丹，不看花蕾的羞涩和矜持，就要看它们大朵大朵盛开的气势，看它们花朵欺掉绿叶的得意劲儿。

跨进新年，祝福自己：花开得意。朋友看见我的个性签名，好奇地问我，有何喜事。哪有什么喜事呢？寻常生活，难有多少大红大绿的快意。更多的是一件又一件不值一提的琐事，琐事连起来，就连成了日子。可是，我不想淹没在琐事里。我希望自己还有一股劲头，像花开一样的劲头，能把每一个平凡的日子都过出情趣来，过出意思来，过出不一般的生动来，过得有一点点的响声和光芒。我不想恹恹欲睡，把一辈子就那么睡掉了。

　　买一段布，自己动手，将它裁成一件不听话的裙子，穿上身，过长街，心里得意。前年养一株海棠，木本的贴梗海棠，在家里过了两个冬天，今春看它们再挂新蕾，人花两得意。为看一场铁轨旁边的油菜花开，一个人坐一趟火车，之后想想，心里仍是掩饰不住的得意。

　　其实，每个人的日子都很平凡，很平淡，如芝麻绿豆般琐碎。但是，我们要有一种倔强的劲儿，要让每段日子都有花开一般的新。不做木炭，低烧成灰；要做木柴，在成为灰烬之前，有热量也有光芒。

　　人生，也就是坐在一辆老式火车上，到达并不陌生的远方。在这趟列车里，长的是琐碎、沉闷、无聊，还有寂寞，但不妨在这恒久的忍耐与温情里，坐下来，打开自己，看看窗外，相遇一片花开的风光。有的一树，朵朵灿烂，不依附，不怯懦；有的一片，千里万里，大气辉煌。都好。花开，便得意。

新　凉

听雨。在深夜,在旧楼老宅。雨声苍老。

阳台外的晾衣竿上,有雨声,清越,历历可数。也许是因了与金属的碰撞,所以雨声里掺了金属之音。是壮年的雨声。

只是,听起来,那雨声步履迟缓、犹豫,像是怀着叹息。

这是初秋的雨。雨声在夜色里,一滴一滴,生起无限凉意。

玻璃窗上,铁皮质的遮阳棚上,楼外的香樟叶上,皆有雨声。但这雨声,总像是不常来往的友人,情意有种克制的淡。

躺在黑暗里,听雨声,点点滴滴,滴滴点点。像一个个逗号，不远不近，不急促，也不休止。只是孤寂而缓慢地延续，向前，向黑夜深处，一步一步，一步一点。这样的雨夜，多么像我正在行走的岁月，荒寂漫长的岁月。平平的旋律，微带叹息的旋律，在波希米亚长裙下，轻扬，轻扬。

风起时，雨声会倏然密集。像急急翻书的声音，又是一页，然后又是一个一个逗号缓慢隔开的句子。在淡淡的光影里，散发陈旧的气息。

雨声里，我是醒着的。窗外，街道悠长交错，路灯如眸。长街楼群也是醒着的，醒在微茫的秋雨里。这醒，染着清秋的凉，古意的凉。是的，这秋凉仿佛来自远古，而不是季节更替里。黄昏路过十字街口，陡然下意识卷紧了颔下的秋香色丝巾，之后恍然，原来还是旧年的凉，晤面来访。

我在雨声里，情怀缱绻，觉得自己就这样老了。是微老吧。

微老应该是凉的。像银杏叶子在秋风里刚刚泛黄，黄得还未透，还不厚，还没有在阳光下耀金。

熄灯上床前，我换了碎花的旧棉睡衣。站在镜子前换，我看见镜子里的女人，像一尾鳞片昏暗失去光彩的鱼。

这是我不喜欢的暗。

我曾经不懂得，时间的尘沙是怎样掩埋物事。我把一位画家送我的画装裱，挂在朝阳的房间里，时不时赏览，一个人，会心一笑。可是，某日翻出家里另一幅未装裱的画，两相比照，不禁愕然。橙红橘绿，那些颜色也在光阴里淡了，凉了，不那么丰硕饱满了，不那么野心勃勃了。

睡前的镜子里，一个女人，黯然成一幅旧画。

那些鲜明的、耀目的、翻腾跳跃的时光，离我将渐行渐远，像朝雾里的离人。那些滚烫的、麻辣的、动辄轰然的心情，也一日日平静安妥下来，慢慢就生了听雨的闲心。

听雨，听得自己成了一块古老的磐石。听得自己成了一泓千尺的深潭，无声，无惊。

少年听雨歌楼上，红烛昏罗帐。壮年听雨客舟中，江阔云低、断雁叫西风。

而今听雨僧庐下，鬓已星星也。悲欢离合总无情，一任阶前、点滴到天明。

这是宋代词人蒋捷的《虞美人·听雨》，喜欢了许多年。从前喜欢时，唯觉得忧伤；如今喜欢，喜欢其中的淡然。人生处处听雨，少年壮年老年，好像那雨一拍子比一拍子慢，是下山的步伐，夕阳沉浸在远处的山脚下。其实，雨还是雨，是听雨的心慢了。慢了，慢得一任它点滴到天明，到午后，到黄昏。我的心，不深不浅，一半盛欢喜，一半盛清哀。

窗外，午夜的雨，静静走在空气里，走在街灯上，走在广场上的那些常绿灌木和草地上。雨的脚，走在城市和乡村，走在山川大地之间。那声音像温柔的叹息，霏霏，霏霏。

它们走在梦里，走在梦之外。它们还有一夜的路要走，甚至更长，所以走得舒缓。

它们走在时间里。我的脚步也走在时间里。抬眼望望，还有半生的路要走，索性不急了，慢下来。

在这个初落秋雨的凉夜，自己跟自己说话，想想远的和近的。想想无关名利的虚无之物，想想不会再见面的人，想想永不会开始的一场恋爱……

想想，我就能淡然接受时间赠予的这一捧凉。一捧新凉。

夏夜宜赴约

赴约,最宜是夏夜。

待日头落下,落在一湖碧水中,胭脂似的晕开,收了工,心思甜蜜地回家。路上经过丁香花盛开的院落,心里想了一下她的模样,也像丁香。

女孩子沐浴换了衣,将残有花露水和香皂的水泼到了院子里的花边,穿白裙子出门。临出门,采撷一朵才放的栀子花,花瓣犹有青色,像她羞涩的心。去会他,在村头的榆树荫下、石桥边。

夏夜相见,空气芳醇而清凉,萤火虫在前头引路,彼此携手,路好长,可以走到天明才松手。丁香花和栀子花酝酿过的晚风拂面,也拂了裙袂。她的腰身细细,在裙子里躲闪隐约。月光晒出她洁白的脖颈、脚踝和长长的手臂。月光为媒。

夏夜正好。月光这样薄，女孩子也这样薄。可以近近地看她，如看花开，直看到她游鱼细石历历可数的心底。

虫声蛙鸣四起，声线繁密如骤雨，帮他掩饰绵绵情话，不让外人听到。挨在一块石头上，两个人，唧唧复唧唧，像坐在莲叶下避雨的两只绿蛙。月渐西，人声渐稀，小路长长，送她回家。不舍得离去。邻家早开的朝颜开上了墙头，在晨光里朦胧摇晃。

在城市的夏夜，或者会下一场滂沱的雨，两个人倚在茶楼，不能回去。同看落地玻璃窗外的雨线。雨线那么长，扯不尽，跟想念一样。坐在她对面，还想她。这样近地看她，看她微青的眉，桃红的唇，薄薄的刘海，弯弯的嘴角……还想她。未分别，已经想念。希望一辈子都下雨，就有了理由困在一起。

人渐少，茶楼里的冷气还在开着，怕她冷，借故把她收进怀里，此刻仿佛才完整。把整晚的情话换个语调再说一遍，用更潮更甜的语气。说到无声，无声胜有声。

茶楼打烊，牵她出来，携手过长街，积水淹没脚面，两个人变成一条鱼，她在他背上。

行道树在灯影里越发高大，汽车零星的街道，衬得楼丛也越发高耸。万物在雨水里成长。爱情也是，在夏夜，潜滋暗长。长成一株枝叶繁盛的树，只有一个愿望：开花！开花！

"去年元夜时，花市灯如昼。月上柳梢头，人约黄昏后。"赴那样的约，也别有风情，只是，元宵佳节，春寒犹在，想来见面说话可供逗留的时间太短。

日本平安时代，男女幽会，别有情味。年轻的男子，梳妆打扮好，薄暮时披衣出门，去女子的住处，在那里留宿，晨晓时分离去。夏天，露水瀼瀼，披覆于庭中和路上的草木花卉，所过处，男子的裳袖皆被露水打湿。暮会晓别，夜晚那么短，一个叹息不舍，一个规劝催促，风流多情的时光最磨人也最甜蜜。男子回去后，来不及换掉被露水濡湿的直衣和外套，便要伏案写信。情书一封，纸上缠绵，托人送给那个已经起床梳洗完毕的女子。末了，静等那送信的人，再捎回一封信。

今夜约，莫迟迟，句句里有郑重。

忽有斯人可想

只是一低眉,月光片片,缤纷落于脚尖。

只是一低眉,那个人,便清澈浮现眼前。才下眉头,却上心头,这便是想念。

会忽然想起某个人。想起时,世界万籁俱寂。

记得一个秋天,采风,跟邻座的友人闲聊。聊写作时的状态。我说,写东西时,是一个微微低温的状态,像一片湖水笼进了暮色烟霭里,又凉又苍茫。

想念的那一刻,也静寂,也低温。就像清夜灯下的写作,一个人。

"扬州八怪"之首的金农,曾经在一幅山水人物画里题句:此间忽有斯人可想,可想。

真是有性情美的句子。看三两根瘦竹,看一二片闲云,一刹那,一恍惚,忽然就想起某个过往的人。忽然间,心如春水,就荡漾开一片潋滟波纹。

忽有斯人可想,斯人,是旧人。住在旧时光里,住在内心。像冬眠的爬行动物,惊蛰一声雷,他在心里软软凉凉地翻身。

是忽有斯人可想,这想,既是缺憾,又是圆满。

春日迟迟,光阴寂寞慵懒,于是,出门看花。是一个人,坐车去山里,看桃花。

山色明媚。山势在阳光下绵延起伏,登高远望,一派清旷。桃花在山坡上,不是一棵一棵,而是一片一片。一片一片的烂漫云霞锦缎,点缀得巍峨大山有了脂粉气。

看花的人,双双对对,像《梁祝》里的彩蝶翩翩。忽然心上就漫进来一片潮润水汽,是想起他了。

那时候,彼此还年少,约过一起来看桃花。

那时候,彼此都以为,青春好长。好长啊,像花事,一场又一场。

转眼已不青春。是我一个人来看桃花。

桃花开得热烈,还是闲寂,只我一人知。

如今他在哪里呀？是否已经忘记和我一起看桃花的约定？是否，他的心已老，老得春风都已拂不动？

这样一想，心就黯然起来。眼前漫山遍野的桃花，开放的，开始一眼一眼地凋零；未开的，也幽冷得开不动了。

可是，这么多年过去，在这样盛大的春色面前，我想起他了。

想起他。一想起，又觉得时光已经充盈饱满。

他呀，大概就像桃花装在春天里一样，装在我的心里了。这里一年一会。春风一起，就会想起，明艳或萧瑟，都在心里。

生命里，脚印深深经过某个人，这生命便从此着染了他的声息。不管这人和你有多少年未见，和你隔了多少条街道、多少个城市，只要一想起，依然那么近。因为，都在时间里。

时间像月光，又广博又清冷，笼住了每个人。因此，我无须踮脚探询，你在哪个方向。我只要一低眉，便能感触，你和我一样，在人群中，在时间的洪流里，向前，向前。想起，便觉得温暖，也想要叹息。

大雪天，一帮子人在小酒馆里，喝酒，胡侃。空调的暖气开得好足，个个粉颊红腮，像桃花盛开，争奇斗艳。我身虽然融在其中，心却常常背叛，一阵一阵地落寞。在最拥挤、最热闹的场合，会忽然内心清冷，想起某个人来。

仲秋时节，月亮白胖浑圆，总喜欢一个人出去走走，总喜欢去往路灯照不见的空旷处。是为了一个人去吟读苏子的句子吗？"但愿人长久，千里共婵娟。"

这婵娟的白纱衣里，也有他呀。他如影随形，他化成月色，化成桃花，化成空气，化成时间……每想起，斯人皆在左右。

除岁的烟花在墨黑的夜空灿烂开放，将天空照成花园——又长一岁了！心里一叹。是啊，那个人，和我一样，又老了一岁。我们都无声无息、无声无息地老下去，偶尔想念，忽然想念。

想念时，听听《当爱已成往事》：

> 有一天你会知道
>
> 人生没有我并不会不同
>
> 人生已经太匆匆
>
> 我好害怕总是泪眼朦胧
>
> 忘了我就没有痛
>
> 将往事留在风中
>
> ……

往事在风中，我们也在风中。总有一阵风，让我们与往事睹面相逢，已经不奢求时间的倒流。

只是想想，想想而已。一凝眉，你在眼前；一低眉，你在心底。便已懂得，便已知足。

令人心疼的事

令人心疼的事有：

弃书。是自己一本一本买回来的书，后来不喜欢，或者是因为书橱真的塞不下，必须滤掉一部分。那时候，会蹲在书房里，一本一本地摩挲再三，然后一咬牙，狠心将某些书归置到垃圾桶里。还有一些书，知道自己不会再翻，可是猛然一弃又舍不得，只好暂时移居到地板上，层层堆积，等心上的茧子再厚上一层，改日拿出杀猪的凶狠模样来弃掉。即使这样给自己的无情做了铺垫，每弃一回，心里也要负疚痛悔。

切蟹。秋天，菊黄蟹肥，大的螃蟹捆起腿脚，用来蒸着吃。小一点的螃蟹，便是炒着吃。炒蟹前，要切蟹，一把菜刀，从蟹背上切下去，螃蟹被切成了两半，腿脚还在动。每回切蟹，只觉得做人真是罪孽深重。

听人说杀牛。没见过杀牛，但是听父亲和大伯们说起过。从前，童年时，我们村子里也有一头水牛，是集体养的，耕田用。每到农耕时节，那牛真是辛苦呀！一家的田翻完了，紧接着就是下一家，有时早上四五点就被牵到田里去，拖着犁，一直累到天黑月亮上来。一头牛，要负责翻完一个村子的田地，农忙时节，家家等着播种，那牛自然不得片刻歇息。牛翻着田地，一年又一年，老了，背不动犁了，就会被牵到屠宰场去。父亲说，从前他们养过的那头老牛，准备牵走屠宰时，牛不肯出屋子，待到众人一起用力拖出老牛时，牛在流眼泪。大伯说，在屠宰场，牛会给屠夫下跪，牛以为乞求能躲过屠刀。据说屠夫杀牛前，会把牛的眼睛蒙上，大约人也不敢对视那一双忠厚流泪的亲人般的眼睛。现在，据说杀牛的方法不像从前了，现在的方法更残忍，不忍提，不提了吧。

旧好杳然。从前，少女时候，有一个好姐妹，好到放假时会找去她家，在她家吃、睡，穿她的衣服，用她的洗脸毛巾。毕业后，二十多年再未见。

镜中见白发。皱纹是一点一点生出来的，有点"随风潜入夜，润物细无声"的味道，接受起来尚不大难。但是，每一根白发,都是在镜子里被猝然发现的,像"渔阳鼙鼓动地来,惊破霓裳羽衣曲",明明天下太平气象,却道是起了叛军。再热烈滚烫的心,都会在一根忽然出现的白发面前,凉下半截来。

花开到最盛。花开到最茂盛最烂漫的时候,最美,也最危险。像美在一步步攀登,终于到了悬崖边,一转身,粉身碎骨。年少的时候,看到花开,心也跟着起哄。现在,春天路过那些花枝下,越是看它们花团锦簇,心里越替花们小心翼翼。舍不得花开下去,总希望它们开得慢一点,开得寂静一点,开得小气一点。

只此一遇,永不再会。有许多地方,许多风景,来过了,心里知道,此生大约是不会再来了。爱情也是。

夜听杜鹃啼。杜鹃啼唱时,是春暮,花多半凋零了,夏天的叶子还没熙熙攘攘登上枝头来,季节在花落与叶茂之间忽然空出一片空间来,像是一个缺口,像是一个疏漏,心里有莫名的不安。晚春或夏初,在月光与露水蒙蒙相照的夜里,听到窗外一声声杜鹃啼。那饶有平仄的句子,一声声近了,又一声声远了,像是他乡孤旅中寂寞的行吟诗人。

宣纸上污了尘。宣纸铺在窗边的书桌上,不舍得用。某日夜雨,又恰没关窗,晨起,见宣纸上蒙了一层泥灰,是从纱窗漏进来的。心里想到《红楼梦》里的妙玉,本是书香人家的女儿，孤高清洁，却终是被踏进了泥淖。

　　善良者被伤害，美好者被损毁，都是令人心疼的。

买得青山好种茶

日子过着过着,就需要一壶茶来陪陪了。

其实,是爱上了茶香兑开的光阴,清逸、淡泊、舒缓。再板结坚硬的心,在一壶茶前,也会柔软起来,缓慢起来,通透起来。

喜欢看郑板桥画的竹子。"扬州八怪"那几个人,不仅画有风骨,画边的题句也见性情。郑板桥有一幅《墨竹》,细瘦细瘦的干,竹叶浓浓疏密。最可喜那右上角的题句:"茅屋一间,新篁数竿,雪白纸窗,微侵绿色。此时独坐其中,一盏雨前茶……"

唉,真是板桥啊!这样疏疏淡淡、新茶清风的气象,到底说的是画,还是日子啊?过日子,过得像画,寂静芬芳,空灵清远,这是扬州板桥。

妒煞古人。

于是,一直希望有这样的一段时光,寂静清远的时光,所以,当朋友约去山中的石台县,我欣然答应。

大清早,起来坐车,折折转转,到石台。一到石台境内,就觉得整个人被包裹在一种清气里。天青,山青。水清,心清。那些秀气的江南丘陵,山上遍布松树,莽莽苍苍的绿。这些绵延荡开的绿,绝不会让人想到冬天的苦寒。

第二天早上,坐车往青山更深处去,去看茶。山中云气薄薄,残雪中登山,如神仙,又如隐者。太阳已经出来,红日朗照之下,回头看山下的田野村庄,只觉得人世庄严而可怜爱。

一帮子在文字间耕耘的人,今日凑到一起,冬日登山,穿过那些一棵又一棵球形的茶树,放牧自己。

真是喝了回古意的茶。松木为柴,汲冰雪融化的泉水来煮,茶呢,就是眼前漫山遍野的茶树供奉的。围炉喝茶,谈文字,也谈山下人间世事。这样的雅集,在青山白云之间,在林泉白雪之间,估计一辈子再也复制不了了。只此一回。

最美妙的事,当然只此一回。

晚上,几个人喝过酒,冒着江南薄薄的寒气,看茶艺表演。人还没来齐,三三两两地等,聊着,我忽然看见对面墙上的那幅画，莫名感动。

那幅画里，两个老者坐在松荫下，以石为几，相对饮茶，茶杯落在石上，两个人如有所语。童子在旁侧，挥扇煮茶，身后白云荡荡、青山幽幽。

就觉得这幅画是圆满的。

看着这幅画，脑子里忽地现出一首古诗来："松下问童子，言师采药去。只在此山中，云深不知处。"是的，这首诗叫《寻隐者不遇》。是寻而不遇啊，是遗憾，是人生的不圆满。虽然那么近，只在此山中，只在对面，可是，我走不到你的面前。转身，恋恋归去，暮霭笼罩群山，也笼走了我伶仃的身影。

可是，在这幅画里，两位老者，头裹方巾，身穿长衫，相对喝茶。他来了，他刚好也在。在时间的洪流里，睹面相逢，对，找的就是你。他也懂得：千帆过尽，他来了，到底还是来了。

不问山下人寰琐杂世事，不问曾经经历过的荆棘和怅恨，此刻，喝茶。我们只喝茶。

茶香。人老。世事洞明。那些缠缠绕绕、云里雾里，皆不究竟，现在，只说茶。

茶在，机缘就在。在茶前，与红颜遇，与知己遇，与贤者遇，与智者遇，与隐者遇，与苍生遇。与自己，相遇。

遇了你，就斟两杯茶；不遇，就一个人喝茶。无所谓缺憾，也无所谓圆满。人生到此,是清风徐来,水波不兴。是大静寂,是大从容。

我喝着云雾缭绕里生长的"雾里青"茶,看四面青山如屏,看山坡上白雪皑皑、茶树青青,忽生了归心,生了求田问舍之心。

在此地,在这样的山中,可否容小女子我辟一亩茶园,来年谷雨前后,我到山中来采茶。十指纤纤,来杀青,来揉,来捻,来亲手制一撮江南的雨前茶。然后汲泉水来煮,待客,客人未至,听满山松风竹响……

祈望做回板桥,做有茶的人,清风过去,茶香犹存。

我打算这样老去

要优雅地老去，寂静地老去。

要做一个娴静少言的妇人。遇人遇场合，少说话，多微笑。人老了，絮絮叨叨不好。那时候，嗓音一定不够清澈轻灵，像衣服没洗干净，说多了话，会让人生厌。所以，要用微笑代替语言，面对每一个陌生和熟悉的人。

要做一个依然洁净的老者。我选择短发齐耳，勤洗勤剪，像听话的小学生。还不烫不染，就让它们一路白下去，老就老得理直气壮，老得纯粹彻底。满头银丝，微蓬但不凌乱，应该像白菊花开在夕阳下。

夏天会在沐浴之后搽一点爽身粉，从下巴到胸前，还有脑后，还有臂弯，一点薄荷味的清凉香气在空气里翩跹。人老了，会有老人味的，所以每天都要用一点香水，香味极其清淡的那种。也许我会继续使用桂花香水或月亮香水。

我会穿浅色衣服，主打白色，漂白、米白、藕白、月白……我希望自己老得有些仙气，而不是心思深重的老妖怪。

还要常常修剪指甲，指缝不存污迹。会偶尔去美甲店，不镶钻，也不贴亮片，就一色，肉红色。会用口红，颜色不要太浓艳，不要太亮。还有胭脂，我一定会继续用着，浅浅的桃红色，有安静的缤纷，像深山桃花，在朝露里自开自落，又美又淡然。

会继续保持读书写字的习惯，但是不再热衷唱歌和大声念诗。那时候，我会是一只秋蝉，一只安详的雌蝉，温柔地喑哑着，深意藏在内心。

会依然朴素而温柔地过着小日子。会养花，养茉莉，养栀子，养海棠，养木兰和芍药。会种菜，春种茄子、青椒、丝瓜和西红柿，秋种萝卜、青菜、茼蒿和芫荽。阳台边的花盆里，有牵牛花也有野杂草。不分兵匪，就让它们都享受阳光雨露，也享受我的殷勤侍弄。

会选择独居。不打扰孩子。可以像朋友一样偶尔走动，偶尔相约去钓鱼和放风筝。回来后自己翻翻照片，重新咀嚼一下快乐的时光。大家都有各自的空间，我懂得尊重。年轻时我已经享受生命的热烈和丰饶，老了时，我也会坦然接受暮年的清寂。像四季，春暖秋凉，夏热冬寒，这才是完整的一生。

会养一只雌猫，养得肥肥的，养得懒懒的。会置一副老藤椅。春日昼午，困思懵懂，我躺在阳台边的老藤椅上小寐，老猫卧在我的脚边打着呼噜，我们一起睡在春日里。

出门我会选择坐公交，尽量避开年轻人上班高峰的时间。公交上，我会给疲惫的、读书的年轻人让座，会给残障人士让座，会给孕妇和带孩子的年轻妈妈让座。而我站一会儿，就当是锻炼身体吧。

出门旅游，不再脚步匆忙。走走停停，心仪的地方就租一套小房子，住上半年或一季。看看那里的日落和花开，和以为一辈子不会再见面的旧友见面，在垄上，在长堤，沐风而行，且行且语。

阳光晴好的下午，会偶尔去墓园走走，看看先去的长辈和朋友。会坦然面对死亡，只当那是一个必然会降临的节日。会把自己收拾得像从前一样美丽，长裙，微高的高跟鞋，抱一束洁白的花去看他们。生与死之间，其实没有山长水远的距离。一念之间，你说他在他就在，不在眼前就在心底。

我愿意这样老去。老得有点美，老得很安然。

等花开好，我就回家

早晨常常赖床不起，黄昏又喜欢赖在办公室不肯离去。

窗外市声车声滔滔不尽，心里无端焦虑，觉得有许多事情需要开始，可是拾起哪一桩呢？

眼看着，一天将尽，一周将尽，一年将尽。我独坐黄昏里，垂死抵抗，希望还能抢下属于今天的一点时间边角料。我知道，当我往花盆里泼掉残茶，关了灯，带上门，随着嘭的一声门响，身后的一天被清空归零。这一天，将永不再来。

每一天，都是一场决绝的告别。

我在办公室的阳台上种了紫茉莉。紫茉莉生长极快，仿佛乡下女孩一般，早早就能持家。只两三个月的时间，一棵两三寸长的花苗，便可以嗖嗖地蹿成两三尺高，且还蓬蓬撑开一片绿荫。

不舍和焦虑时，我便去看紫茉莉。紫茉莉黄昏开花，在合肥这样的接近北方的空气里，紫茉莉下午五点就可见花蕾，小花伞似的，跃跃欲试。若是等到六七点钟，便可以足足欣赏窗台外的一场盛大花事。是的哦，这花事盛大，虽然只我一人光临。

我每天都赖着不肯下班，慢慢就有了强大的理由：等着紫茉莉开花。

等花开好，我就回家。

如果我不在场，这一场盛放，该有多寂寞啊。

紫茉莉真是一种寂寞清幽的花。暮开朝谢，最容易错过喝彩与掌声，这是从种子萌发的那一刻起就已注定好的命运。

命运，是中年以后喜欢琢磨的两个字。

黄昏是座岛屿，所有的人都像河流一样侧身而过，各有水路——我和一盆紫茉莉，在黄昏里逗留相望。当室内的灯光照亮一朵朵伞形的花冠，我感觉有许多个乡下的小姑娘，来趴到我的窗台，将我探望。

少年时，就爱种紫茉莉。那时的紫茉莉，没有宿命感。

在我们乡下，这种暮开朝谢的花，我们不叫它紫茉莉，而是叫它"洗澡花"。在夏天，在乡下，在傍晚，我们女孩子在屋子里洗澡，"洗澡花"在窗外静静地盛开。我们洗过澡，摘了紫茉莉，用狗尾草穿上，穿成花穗，挂在脖子上。

月色上来，我们躺在竹凉床上，紫茉莉的香气柔柔细细的，也敛在耳鬓畔，敛在暑热渐退的夜气里，敛在茂密虫声里……我们睡在月光、花香与虫声里，不知每日都是告别。

如今，我早已不是乡下的小姑娘，中年的风尘在肩，疲惫和焦虑常常将光阴笼罩。可是，好在我还有几棵从乡下移栽来的紫茉莉，低调素朴却暗香袅绕、暗自芳华的紫茉莉，像是从前的那个我，身居乡下的那个我，豆蔻年华的那个我。

一棵旧年的紫茉莉，穿越风烟弥漫的时空，来与我相伴。

等紫茉莉开好所有的花，我才收工回家。每日都是告别，我用凝望，不负一朵小花的盛放，在凋谢之前。

我也告诉自己，别急，别急，莫慌，莫慌。晚归的路上，闻一闻离别的花香。

第五辑 单车时光

嗅桂子的清芬,听秋鸟的夜鸣,心就这么一点一点沉静下来,世界变得古意而空寂。万物都那么远,那么静,只有从前是近的,近在心底。

夏不像夏

一个人在客厅寂寂地吃西瓜时,忽然就感慨:夏不像夏!

现在的孩子,夏天只和冰激凌最亲,青皮红瓤的西瓜,他们看不上。

我小时候,舅舅们都是十五六岁的年纪,傍晚四五点,太阳还挂在树头上,就开始谋划去田里摘瓜。等到晚上,瓜抱回来,十来个人,围在小桌子旁举刀切瓜,西瓜汁水沿着桌沿淌下来,眼睛恨不得跳过去,当空里接住……那瓜真甜啊!

现在,天天可以吃瓜,因此,吃瓜这事,怎么着也隆重不起来。客厅里,我听着自己一个人吃瓜的声音,像支老曲子,自己起头,自己收,中间没有哑巴声来和,只觉得在唱夏天的独角戏。

还有知了,夏天就是捉知了的季节,不捉知了,算什么过夏天呢?

我房子前有一排树,香樟、塔松、广玉兰……每天每天,知了在树丛里乱哄哄地叫,却从来没见有一个孩子举着长长的带兜的竹竿去捉它们。孩子们都到哪里去了呀?他们大概还不知道,即使捉不到知了,还可以在草丛里,在树干上,找到知了的壳呢!我算是比较开明的妈妈了,没有送孩子去暑期补习班,但是,他早早晚晚守着的就是一台电视机,有趣吗?还有比自己亲手捉到一只知了来玩更有趣吗?我忽然想起,我的孩子从来就不知道知了什么样。我很同情他,他的童年不过是淹没在一堆塑料玩具和一集又一集的动画片里。

想想知了们待在树上大概也无趣吧,没有因孩子们追追打打而躲躲藏藏,生活了无激情,于是只好自个儿玩自个儿的消磨时间。知了们在枝头上傻叫,孩子们在屋子里围着电视傻笑,各不相干。

下水游泳也不能了。我小的时候,哪个黄昏不泡在水里!我奶奶骂我和堂姐是两只水鬼。我舅舅们更了不起,他们相约着游过长江去,江水比一般池塘里的水要冷,他们拍着胸口都不怕。蓝白条纹的海魂衫没有穿,湿湿的,搭在肩膀上,吼着歌,耀武扬威,天黑前从江滩那边走回来。现在,困在酒杯大的浴缸里,丧失斗志,小手掌再怎么击水,都没有小鱼来咬脚指头……这样的夏天,过得没情没调。

凉风也不甚盼望。记得那时,妈妈常常把凉床搬到塘埂上,为的就是沾一点熨帖着许家塘的水吹过来的凉风。现在,太阳刚掉下楼房顶,人就早早回家关上门,开了空调。我曾经躺在凉床上,听母亲唱《东方红》;如今我在空调房里,很少唱歌给我的儿子听,他嫌我唱得没电视里的歌手好听。看看桌子上躺着的一把精致的蒲草扇,想想它从来就未扑过萤火虫,真是可惜。

一个人对一个季节的认识,总是深深地烙上自己成长的印记。我觉得夏天就是吃瓜捉知了,傍晚下河游泳,寻凉风,到塘埂上扑了萤火虫,装在小玻璃瓶子里……只是,这样的夏,已经成为残编断简了。

冬应无雪

那年,我十二岁,姨娘二十二岁;如今,我长得很大很大了,姨娘却再没有长大或变老。她已经睡在一片荒草下,逐渐成为泥土的一部分。

我是姨娘最亲最疼的人,我知道。

冬天里,冷风在屋外肆虐着,强盗一般,把并不严实的门和窗敲得生响,让人恐惧。我在姨娘的怀里,枕着她的胳膊,脸贴着她的下巴或鼻翼,跟她学唱那个年代的流行歌曲——《回娘家》或《阿里山的姑娘》。童年不再寂寞,冬天不再寒冷,梦里梦外都是我和姨娘的歌声。

白雪铺满大地的时候,姨娘知道小孩子是耐不住寂寞的。她说,晴啊,跟我出去玩吧。于是姨娘的红围巾围在了我的脖子上，一只大手把另一只小手紧紧地攥在了手心。在她的女伴那儿，她像炫耀着一件私藏的宝贝似的，说着关于我的一串串有趣没趣的事，她喜欢听别人一遍遍说着她的外甥女长得多么多么像她。

而我同样又是多么欢喜和她在一起啊！我在父母搭建的那一方屋檐下，活得像个无声的影子，像从墙上撕下放在墙角的一张旧画。只有在姨娘的怀里，才觅得几许温暖，在姨娘的温暖里，才活得有些生气。我喜欢姨娘，她比妈妈年轻漂亮，给了我比妈妈还要多的母爱。在苍凉的尘世一角，我寂寞无依的早年岁月，都是她伴我度过的啊！

可我怎么知道她会抽身而退呢！在那个白雪未下的初冬，我们都来不及见上一面，她转身别过脸，沉沉睡去。姨娘的病是血癌的一种吧，从此于我，"血"是一个极其冷漠的词。外婆说，姨娘走前，天天念叨着我怎么还没放假。我又何尝不是呢！我那几日也是天天吵着要看姨娘的。从此阴阳两隔，我纵是跨越千万道江河也是寻她不见了。

空旷的田野，姨娘的一方孤坟像一只遭摧折的船，永远停泊在冰冷的大地，她再也不会伴我穿越阴暗潮湿的岁月。从此，冬天就是一个人的了。我的世界下雪了，我的道路封冻了，那都是我一个人的事。不是说我没有亲人和朋友，只是这么多年已经习惯一个人面对，我不想惊动他们。我的寂寞酸楚只有交付给姨娘,我才安心。

姨娘已经走了,冬天依然会来。

我只希望冬天不要再下雪,不要让那么多的田野道路于白雪下混淆不见,包括姨娘那一只永远泊下的船。是啊,这世间我倾注深情的,我怎能忍受他们最后一笔勾销呢?

一场白雪之后,又是一春,层层白雪,便已是经年。我的姨娘永远只守候在我童年的冬天里,我害怕自己在经年白雪里离我的姨娘健在的时光越来越远。所以,就不要下雪了吧。

我想,人是应该有魂魄的吧。否则在尘世之间辛苦执着不舍放手的情愫,临去之时又该托付给哪一棵惦记的根?哪怕那魂魄如一缕薄雾,落不了地,只缠在一根枯槁的枝上,丝丝缕缕纠缠其间的还是曾经的美好,像先祖们的结绳记事。所以我的姨娘一定会记得,在寒冷的冬天悄悄地来临,触摸我清寒的梦。只要白雪未降,连接我的河流和道路一如从前,没有被白雪隐藏。

如果还有什么愿望,那应该就是冬日无雪吧。在一个无雪的冬天,把梦做成温暖守候的姿势,并拒绝遗忘。

父亲的年

我记忆中的年,是雕着俗艳图案的小船,撑篙的是父亲。父亲的年里,对联是重头戏。

进到腊月,头一桩神圣的事情是请老姑爹爹来家里写对联。其实,父亲也能写,但他嫌自己的字不好,只敢写些鸡笼与猪圈的对联,人丁出入的门,总要贴上老姑爹爹的字才体面。之前,父亲早已将红纸裁好,将墨汁倒进一只小碗或小碟子里,还将陈年的毛笔尖在温水里泡开。老姑爹爹摆开架势写时,父亲端详着看,还间以牵一牵纸角,怕未干的墨汁在纸上流,私自篡改了字形。写好了的一张,父亲双手捧着,轻放在地上,几乎要行跪拜礼的样子。那个时候的父亲,忽然间仿佛是书房里的童子,谦逊地侍奉着老姑爹爹写字。

他敬重老姑爹爹的字,更敬重这一副副红灿灿的对联,大概他心里想要的如意与吉祥,都在这红纸黑字里寄托了吧。

写完对联,晚上照例是有一桌薄酒招待老姑爹爹的,而老姑爹爹的一桌酒话总逃不了前朝旧事,什么曹操在江北吃了败仗于是有了"无为"这个地名啦,什么朱元璋少年穷困给人放牛啦……父亲爱听,我也爱听。老姑爹爹的桌子前,酒杯深则故事长,酒杯浅则故事短,于是父亲频频起身给老姑爹爹斟。写对联的日子,之于父亲,近似节日,而这个节日,最后总要在老姑爹爹醉醺醺的故事中结束才算圆满。

最后是贴对联,放鞭炮,写了三百六十多天的长文,到了腊月三十才算是明明白白地点了题。三十这天,奶奶和妈妈,一个锅下一个锅上地忙,父亲上午擦洗门板上的旧对联与面糊,下午贴。双扇门贴好不容易,父亲叫我和弟弟站在他身后一丈开外的地方看,"齐不齐啊?""啊……右边高了?"父亲一连串地问。到底不放心,又从锅边叫来油汪汪的母亲,要她也来目测。仿佛对联贴得不像样,一年的日子怕也要不像样,所以父亲极其慎重。

除了对联这重头戏,父亲的年,还会插入其他一些小情节。

裁对联剩下的红纸条,父亲一片也没扔,年夜饭前,全搬出来。门前的梨树、柿子树、桃树,门后的柳树、榆树、楮树，一一都拦腰斜贴一块红纸条，迎宾似的，远看，一片喜气，父亲喜欢日子笼罩在这样一片茫茫的喜气里。有时，墙角堆放的农具，锄、锹、木锨……也会贴一块方方的红纸片。存米的坛、储稻子的仓、堆柴的披厦，也会在一方旧红纸片上再摁上一方新的。那些农具物什，仿佛一一被加盖红章，父亲眼里，它们伴同自己一起度过辛劳的日子，都是有功的，该要敬一敬。大年初一，牛屋里牵出的生产队的牛，两只黑镰刀似的牛角上，也各贴了一张小小的红纸片，那也是父亲贴的，弄得憨厚的老水牛像个蹩脚的媒婆，两弯羞涩的喜气。

三十的黄昏，父亲端一大盆温热的水，背大半筐上好的棉籽，去给生产队的牛置一桌除夕宴。回家后，再舀几大瓢汤，门前门后，开花结果的树和开花不结果的树，贫贱遭不屑的，尊贵受宠的，个个根边灌一点。他觉得，与我们贴近的这些植物们，也该过年喝一点汤，且是荤的汤。他与它们，饱暖两不弃。

伺候好了牲畜和草木，父亲终于点燃一挂长长的鞭炮，在烟雾与磷硝香里响亮地关上门。菜已上桌，我们，围着父亲，开始过一个人间的年。彼时，头顶上的灯泡，也被蒙了一层红纸，我们刚穿的新衣服，和桌上五颜六色的菜，还有暗的墙壁和地下，都罩在一片红得毛茸茸的光里……

多少年后，我坐在除夕的灯影里，回想少年时候跟随父亲过的那些年，蓦然懂得，父亲，作为一个中国老式农民，他对日子，是从骨子里怀着敬重之心的，以至与日子贴近的那些草木、农具、牲畜，也同样敬重。年是他表达敬重的一个神圣的仪式。这让我感动。

天下母亲，无不自私

很小的时候，我就知道，天下的妈妈，都是自私的。

我妈一辈子喜欢赌，当然是赌些小钱了。我长到十几岁之后，像只耀武扬威的小公鸡，开始管事了。其实，就是管我妈赌钱。

"三缺一啊。"大妈在门口招手。

我就在家里放脸子，说话好大声。到黄昏，估计牌局要散了，赶紧跑去数我妈手边的扑克和蚕豆，那是筹码。一旦发现比别人的少，就回家到爸爸面前报告，大肆渲染："妈妈又输啦！"我爸就会阴沉着脸，于是我也配合我爸的表情，一起阴沉着脸。

我妈腹背受敌，依然屡教不改。她那里，是永远三缺一，所以，她永远要补进去，成全人家。

我想，只能寄希望于我外婆了。所以外婆每来我家，我就历数我妈的十大罪状给外婆听，拉她出面惩治我妈。

我外婆就叹息说："唉，你妈怎么好赌呢！她先前不是这样的！"

我以为我外婆接下来会张弓搭箭，跟我合谋好治我妈的锦囊妙计，结果，她嘴巴几绕不绕的，绕到我头上来了。

"阿晴啊，"外婆叫我的小名，"听你妈说，你不怎么听话，还经常跟你妈吵嘴。你不能啊，女儿应该听妈的话。"

切，没想到我妈先下手了！我的状还没告，她倒先跟她妈妈数落起我的不是了！

我跟外婆说："我是听话的，我好好读书，每学期都拿奖状。是她天天赌，还不让我爸管。她怎么不听您话呢？"

我外婆又温柔地叹息，好像我们深恶痛绝的赌钱在她眼里根本不成为缺点，"你妈啊，老大，从小被宠，所以脾气强，你要让让她……"

"太不公平了！您老怎么不叫您女儿让我？我也是老大呢！"

我自此知道，外婆永远是偏心向着我妈，连我这样嫡亲的外孙女都不可冒犯她女儿。

我自此，再不向我外婆报告我妈罪状。天下的妈妈，都是自私的，最爱的人，永远是第一代产品。

后来，我长大了，我原谅了这些做妈妈的偏心人。

从北京回来，我给我妈买了双绣花的老北京布鞋，送给她，嘱她秋天就穿上，别留着。第二年春天，去看外婆，结果看见那双绣花鞋穿在了外婆的脚上。外婆一派心安理得的样子，毫无霸占我妈鞋子的不安。

回来后，我问我妈："你怎么把鞋子给外婆了？是我送给你的啊！我以为鞋子太花，外婆不敢穿呢，所以没给外婆买。"

我妈说："她穿，她喜欢得很。"

我妈比我更懂外婆。当然了，她是她女儿。

一双绣花鞋，我送给我妈，我妈送给她妈。

至于其他吃的用的，芝麻糊啦，蜂蜜啦，围巾啦，毛衣啦，我送我妈妈的，结果都是转移到我外婆那里。除非是保证每件都是双份，并且是同时送出。

我看着我买的那些东西，最后都是外婆笑纳，常常一瞬间恍惚：这一对母女，到底谁是我妈？

每去外婆家，临走会塞一点钱给她。人老了，就像小孩，特别喜欢钱，也喜欢别人给钱。

慢慢，外婆就攒了一些钱，留下零头去超市买零食，整的就悄悄给我妈，让我妈帮她存起来。四个舅舅，谁会占她那一点零花钱呢！可是，她就信任女儿。

我妈揣了我外婆的私房钱,到我家,又偷偷塞给我。然后,从自己的另一个口袋里再剥出来一些票子,搭在外婆的钱上,凑个大数字,托我给她们母女存起来。

真有趣,好像绕口令一样,这人世间的一对对母女。

2013年夏,外婆昏迷了一个星期之后,终于走了。我妈伏在棺边哭,我看着我妈哭,泪水也下来了。外婆很老了,可以走了,我只是舍不得我妈哭。

我的妈妈,在2013年夏,失去了大靠山,失去了永远维护她的人,失去了她唯一的妈妈。

还好,我的妈妈还在。

我以后不欺负她了。

骑单车的时光

历历记得,那些骑单车的日子。像南去的候鸟,心上软软记着,春日南枝上的那些震颤欢喜的啼鸣。

和风,丽日,黑发长长飘在身后。一辆单车,在路上。

那年,骑单车,去老街,拍照片。同去的有大我一个月的堂姐,还有从宣城来的表姐。

我站着拍,抱着两只胳膊在胸前,微微侧对照相机,很像张爱玲最经典的那张照片。当然,那时,我还没读过张爱玲。

穿着妈妈织的毛线衣,鸭蛋蓝,线是妈妈托一个亲戚从南京的一个绒线厂带回来的。我为那件蓝毛衣搭配了一条桃红色丝巾,那时就喜欢色彩浓烈对撞到飞扬跋扈。

松松系着桃红丝巾，骑单车，在早春的风里。彼时，江堤上的草还没返青，远近的树木也都缩在一片暗淡的木黄色里。只有我，是生动的，这一身，桃红柳绿。

桃红柳绿在单车上，在春风里驰行，一路迤逦。

那一回照相的钱，是表姐执意要付的。她彼时已上班，在宣城的一个国营茶厂做会计，而我和堂姐则都是学生，刚上初中。

照片取回来时，表姐已经回宣城，合影照自然是我写信寄去。我那时自诩文采尚好，在写写说说的事上，喜欢戳出头来一马当先。

回头看合影照。看合影照里的自己贞静端然，好像春雾里的嫩笋，果然是学生。倒是那张单人照里的自己，有种不动声色的妖娆，桃红色的丝巾覆在鸭蛋蓝的毛衣上，好像浮动的一层彤云紫烟。

那是一个十二三岁的少女啊！

最爱骑单车。

骑单车，呼啸穿过早春的风日，去照相馆拍一张照片。照片里的少女，毛茸茸的稚嫩。一个女孩的美丽，在彼时，只是凉凉的刚落墨，还没有漫漶洇开来，还未涂上朱红石青的颜色。

那张照片后来去哪儿了？记得在书里夹过好长的一段日

子，自恋的时候就拿出来抚看。好像后来送人了，是送给他了，但没有在照片后面题句子。记得用底片加洗的那一张，在我终于长大不再青涩后，被父母收进家中的大相框里。再后来，父母也搬进了新房子住，老房子一直空着，那照片也渐渐受潮，黄掉了，粉掉了。

像青春。青春一点点剥蚀。然后，一去不返。彻底不返。后来呢？

后来，自己波涛汹涌般快速长大，长到了两个十三岁，又长到了三个十三岁。然后，心痒痒地买了部有四个轮子的车子，第一回坐进去，有暴发户的惊喜，转瞬，又茫然若失。我知道，骑单车的日子，童话一样的日子，将渐行渐远。告别童话，告别卡通片里张口大笑的向日葵，告别永远淡蓝的天，告别简洁清澈的光阴。

告别单车。

忘记追风，忘记追浪，忘记了时间里最初的生动、最初的摇曳。

每次陪他出门，或者他送我去外地办事，我坐在副驾驶位置上，双目炯炯，眼观六路八方，好像二郎神的哮天犬。白日朗照下，在九华山中路的一个十字路口，紧盯前方的一排大灯："好，红灯已灭，绿灯亮起，开过去！"

对面的马路上，密匝匝人群里赫然停着一辆亮白单车。

那个骑单车的白衣少年,欠身坐在车上,一脚点地,耳朵里塞着耳塞,在等车流过去。他安然又生动,多像当年的我自己。这时,耳边仿佛响起了《骑单车的日子》那首歌:"你说骑单车的日子呀,喜欢轻轻哼唱着歌谣,喜欢对自己灿烂微笑……"

露天菜市场

逛一个城市的菜市场,就走进了一个城市的厨房。

而我偏爱城市边缘那些露天菜市场。野生野长的菜市场,这儿一摊,那儿一铺。

每次去逛宋朝大书法家米芾的办公旧址——米公祠,会路过一个大菜市。

那菜市里人头攒动、人声喧哗,好像终年在煮一钵麻辣烫,粉丝啊,毛血旺啊,蘑菇啊,香菜啊,豆腐干子……突突地在冒热气。每次去瞻仰米公,穿过巷子,顺带着就逛了这一长条的露天菜市。

有人杀鱼,满地血水和鱼鳞。刚惊诧鱼事惨绝人寰,不想旁边的篮子里又堆着一撮小银鱼,可亲可爱。

高粱磨成的面，一袋袋装好，四块钱一小袋。瞻仰完米公，原路回去，我一般会买一小袋高粱面，回去搓成汤圆，沸水里撂进去，看它们煮得漂起来，然后撒上几根老挂面，几小片青菜叶子。

有一年，去黄山。除了看看那黄山归来不看岳的黄山啊，松啊，石啊，我还甜蜜蜜地想知道黄山的菜市场卖什么，本地人吃什么，哪些是我可以买回家的特产。

在山脚下，是个露天菜市。

真是土生土长的菜市场。有笋，粗的笋像怀孕的女人，肚子大得衣服包不住。也有细笋，瘦细瘦细的，扎成把，好像赶着长个子的少年。还有石耳，长在石头上的木耳，好薄。还有蕨苔，也是扎成把——我先前买蕨苔都是在超市里买的，晒成干丝，黑黑的，哪里知道新鲜的蕨苔是这样水分饱满，青中泛紫！

最有趣的是百合，我常吃百合，一直把它当药来吃。在黄山，从这些山民口中，才第一次知道百合是长在泥里的，可以清炒，也可以煲汤。真新鲜的百合啊，一瓣瓣围拢合抱，像重瓣的菊花，也像蒜。我拾起闻闻，泥土残存，一股泥土的清香和湿气缭绕。买啊，当然买。

走进这样一个原汁原味的露天菜市场，仿佛走进一个女子最清美的少女时光，滴着露水飘着栀子花香的少女时光。

兀自莫名感动。

小镇的菜市场也有露天的一部分，赶的话，要起早。迟了就散了，就只能买菜贩子终年一色的大棚菜了。终于明白，这样的露天菜市场，这个"露"字，不仅有暴露于天地下的意思，还有露水的意思。像露水一样纯朴，也像露水一样短暂，太阳一出来，几下就照没了。

端午节，我曾经在这样一个残存的露天菜市场里买过一把艾蒿。也是扎成一把，长长短短十来根，叶子上沾着露水。举起来，凑近鼻前闻一闻，深深地闻，好香，好香。

从这个露天菜市场里，我还买过马兰，是一个没事干的老婆婆亲手挑的，从田野上挑来的。冬天，还买过慈姑。慈姑身上的泥还没洗干净，就那么莽莽撞撞地上了菜市。可是，喜欢的就是它这残存的泥啊，这样真实清新，这样老实本分。买的时候，手指缝里嵌满黑泥的老伯告诉我，不仅可以红烧，还可以切成片，炖汤呢！

出菜市，抬头看露天露地的阳光，啊——空气里已经飘满了慈姑的香。

喜欢露天菜市场，不仅爱那里藏有一个地方的私房菜，更爱它透出来的古风，透出来的本真。喜欢那里的泥土香，还有一种乡音的香。

久违了，那些去过的露天菜市场。

茂　密

上班路上，有一家早点店，供应米粥面条之类，还外带小炒。锅灶放在店铺外面，掌勺的大哥圆脸矮胖，一脸憨厚相。我经过他的锅灶边，掌勺大哥经常会在热气腾腾中迅速抬脸，向我点头微笑。有时他来不及递上笑脸，他的高个子的妻子会站在旁边望着我笑。不炒菜时，他会站在锅灶边跟我招呼，日日都是原话"上班去啊"。他大约不知道我姓什么，所以省略称呼。我也不知道他姓什么，所以每次回的也是原话"做生意哈"，也省略对他的称呼。

他先前的店面就在我单位的后门口，生意很好，后来忽然关了门。有一回，偶然问起，有人说是掌勺大哥母亲得了癌症，住院治疗，夫妻俩关了店去侍候母亲。大约是他母亲治疗时间太长，店面又是租来的，即使关门租金还是照样要付，所以，那店后来换了主人，我猜是被他转租掉了。

是一年多以后，在我上班路上，我看见他们夫妻俩又重起炉灶地做起小生意。我心里希望他们生意好，看到店里人多时，会情不自禁心里暗喜。每次路过他店门口，迎接那最平凡朴素的一对夫妻的笑脸，想着他们一天所挣不多依旧知足欢喜的样子，我总会有些莫名感动。大地之上，这样勤劳朴素的人很多，像灌木，风起时低下身子，风过之后又抬起头来，继续生长，结实而饶有韧性地生长。

有一段时间，我常去一个理发店洗头。理发店离我家不太远，店主是一个三十几岁的离婚女子，独自一人守着一个店。有一回，我去店里，不见她，就喊了一声，她很快从里间出来迎接我。后来，我们到了里间洗头，洗头池边的方桌子上，一张宣纸展开，上面的字墨迹未干，毛笔正搁在笔架上。

我看了，心里好奇，问："字是你写的？"

她笑起来，有些不好意思："写得不好。没事做的时候，就写写，打发时间。"

我鼓励道："慢慢写，会越写越好的。"

去她店里次数多了，便也相熟起来。她跟我说，她还想找一份兼职，贴补贴补，因为附近理发店多，她的生意也就不是特别好。她说的兼职是指在校车公司上班,只需要早上跟车跑一趟把学生接到学校,晚上再跟车跑一趟把学生送回家,一月工资一千,其余时间她可以照样做生意。她说的时候,语气里似乎有神往和幸福,因为她朋友答应下学期可以把她引荐到校车公司,只要有人不干,她就可以填空补上。

她的女儿有先天性疾病,每年的治疗费都有几万块。说起她女儿,她又兴奋起来,放下吹风机,掏出手机,翻照片,让我看她女儿的模样。她的女儿在前夫那里生活,学校一放假,她就接女儿到自己身边。

有时候,晚上散步,路过她的理发店,我总会扭头看看店里的情景。想着店里的女子,是一个坚强的母亲,是一个即使生活萧瑟依旧努力工作的女子,是一个能为一年多上一万块收入就激动不已的职业女性。

我像一只蝴蝶,偶然经过一片林子,看见了她的寂静花开,也看见了她的黯然垂眉。好久没去她的理发店了,常常会想起她,像想起秋天车窗外一行挺立的白杨。

有一个老婆婆,住在单位附近的一处民房里,我上班时会经常路过她门口。她很老了,大约什么活也干不动,所以整日坐在门口看路人。她每次见我,不论我的脚步有多匆忙,她都会赶着与我打声招呼。我某天若是穿了艳色衣服,她就会说:"你今天穿得好洋货啊!"意思是衣服漂亮。

我中途离开单位两年，某日回单位处理事务，被她撞见，她急忙上前，像个小孩子忽然看见久别的大人，问我："我怎么好久没看见你了？"我边走边答："我搬家了。"后来她见我，还是问："怎么不常看见你了？"我又笑答："搬家了。"她那么老，走起路来姿势摇摆，让人担心随时会跌倒，可她似乎不觉其苦，竟还记得曾从她视线里消失的我，当我再次出现，她便露出惊喜和好奇。

每日里，上班下班，两点一线之间，还会遇到这么些普通平凡的人。有时候，是他们身上微小的光芒感动了我；有时候，我也以微芒照耀他们。有一天，我看着路边花圃里蓬蓬生长的小灌木，想着这些不知姓名却也与我有温暖交集的人们，心底忽然冒出一个词"茂密"。在生活的低洼地带，我和他们，像灌木一样茂密生长在大地上。

因为他们的存在，我觉得我的生活也是茂密的。像一部戏，除了主角，还有不知姓名甚至没有台词的人，是他们让戏更饱满更真实。

鸟　喧

露水的清凉气息里听一声鸟喧,便觉得一脚滑回到少年,洁净清美的少年。扑蝶追萤,明眸皓齿的人在眼前,在同样青嫩的时光里,还没旧,还没老。

如今,丽人皆成旧人。旧人也杳然,只剩了一颗在鸟喧声里碎碎怀想的心。

"竹喧归浣女,莲动下渔舟。"是王维的句子,极有风情美,像我的少女年代。这竹喧里有穿林的风声,更多是鸟声吧。每每春夏之间,薄雨过后,独自坐在清寂的香樟荫下,读王维的诗,恍惚中整个人儿羽化了,悠悠漾在绿意和凉意里。想想,夏日的清晨,溪边草木上的露水将干未干,一个山村人家的女儿,着红襦青裙,从林荫小道深处迤逦走来。

她提着一筐浣洗过后的纱衣，纱衣洁白，身后的林荫路细细。竹林上下，鸟喧四起，一滴露水掉下来，滴在眉尖上。一个姑娘，纯洁得如新浣过的纱衣，就这样在唐代的鸟喧声里，兀自生动起来。

我曾经也是那样的浣衣女啊，十几岁，暑假里，担下家务。和堂姐一起在长宁河边，在长长的青条石上洗一家人的衣服，河对岸有少年在那里吹口哨，像一只茅檐下的留鸟，终年唧唧不休。假装没听到，低头洗衣，鹧鸪一声声长鸣，掠过湖面和柳梢，心在那样的鸟喧声里悠悠荡荡，如涟漪漾开。

我现在住的房子很旧，快二十年了。老房子有老房子的好，前后高树成荫，鸟儿们也住进了树丛里，与我久住成邻。清晨，阳光薄薄地筛进了枝叶里，团团片片，躲闪蹦跳，鸟羽一般。一树的鸟，几十只，在里面唧唧复唧唧。不知道是忙着复习考试，还是在吹吹打打忙着嫁娶。又忙又乱，充满喜气，充满平民生活的烟火气。

我常站在窗边，偷窥它们的生活。这么多年，芳邻没换，还是喜鹊和麻雀。我跟朋友说，我的房子是老版本的，老公是老版本的，一树的鸟邻，也是老版本的。这老版本的雀儿们，日日年年在窗外，像老友。人生总要有那么几个老友来掂掂底：少年相识，交往至今，在一起消闲，喝茶，嗑瓜子，胡侃。不觉时光流逝,不觉老之将至。

初夏时分,常听到布谷鸟的叫声。尤其是夜晚,彼时,明月已升人已静,慵懒卧于灯下,灯光低迷,人渐蒙眬入睡。忽然间,听见远远传来清寂的鸟声,在空旷的田野上,心儿像被冷露濡湿,倏然忧伤起来,像有一架春犁在心里翻,翻出乡情和相思。"布谷布谷——布谷布谷——"极有韵律,是旧人在诗文里咏叹。深夜听布谷的叫声,这叫声是旧恋重逢时,他隔座低声轻问:"你还好吗?你还好吗?"心就这样从身体里漏出来,水一般漏出来,成溪成河,冷冷澹澹地到了远方,不能回来。于是,大半夜无眠,在布谷鸟声唱起的夜晚。

"人闲桂花落,夜静春山空。月出惊山鸟,时鸣春涧中。"也是王维的诗句。窗外的山,还是春天时的那个山,鸟鸣也一如春涧里的鸟鸣,只是时光已经不是春天的了。在中年的闲寂和凄清里,嗅桂子的清芬,听秋鸟的夜鸣,心就这么一点一点沉静下来,觉得世界也在这静寂里变得古意而空寂起来。觉得万物都那么远,那么静,只有从前是近的,近在心底。

人是一只鸟。有时是麻雀,和众鸟齐鸣,那么热闹,那么烟火生动。有时是半夜月下的一只布谷,独自唱起饶有平仄的句子,清凉的句子。

鸟喧声里，忆新新旧旧堆叠的年华，一个声音在轻问："你是谁不变的版本？是谁在露水瀼瀼的清凉之夜、远远想起的少年旧人？"

绍兴四叠

绍兴是精致的。

好像是用五彩丝线密密绣出来的荷包,鸳鸯喜鹊荷花翠盖,那么灼灼生动。又像一个穿旗袍的女子,有玲珑婉约的身姿,她执一把小伞经过你身旁,经过,你觉得那天的风和阳光都是好的,是清芬的。

它是一座靠海的城市,有着两千五百多年的历史,是真算古老的了,可是走近它,一点也不觉得它苍老。小桥,流水,书法的墨香,黄酒的酒香……这一切都在滋润着这座城市,清逸,秀雅,别具风流。绍兴,就这样不老在时光里了。

在黄昏,登上一只乌篷船,橹声轧轧,闭了眼,仿佛自己已经是一个绍兴人。

绍兴市内的河真窄真瘦，可是，也真长真有古意。青石或青砖砌就的河岸，蜿蜒随流水向前。在阳光稀薄的那些河岸的岸壁上，古老的蕨类植物从砖石缝里长出来，柔软的叶子在微风里颤动着，颤成了河水里一抹水墨般的倒影。

卖黄酒的人家杏黄色的酒旗远远地招摇，在青黑色的廊檐下，仿佛这是东晋，又或是晚清。

青灰色的小巷透迤，行人的脚步不缓不急在暮色里，好像一首小令的平仄和韵律。

乌篷船轻轻穿过一弯弯上弦月似的小桥，夜色就深浓起来。明月光洁，宛如银子锤出来的，斜挂在垂柳之上。长沟流月去，月亮在天上，也在水里。我们坐在乌篷船上，摇摇荡荡，在水上也像在天上。

两岸的灯火人家，高低错落，呼应着城外的高低嵯峨的山岭，这是水墨皴擦出的唐人绘画。

桥那么小，可是弯在夜色下的弧线那么美。船那么小，小得像一片飘落在水上的柳叶，可是依然载得起对绍兴的浓浓乡愁。绍兴的长街酒肆，绍兴的市井人家，无不在小巧婉约里又透出人间烟火的欢喜和亲切。

绍兴是耐读的。

一个城市，就是一幅展开的《清明上河图》。有古老的河流和乌篷船，也有现代的高楼和商厦。来到绍兴，读流水，读小桥，读市井，读风情，而最值得一读的，还是王羲之的《兰亭序》啊。

兰亭在绍兴西南方向的兰渚山下，相传春秋时越王勾践曾在此种植兰花，东汉时又在这里建了驿亭，兰亭由此得名。而让兰亭闻名于世的，怕还是东晋大书法家王羲之吧，这里曾是王羲之寄居会友之处。东晋穆帝永和九年三月三日，天朗气清，惠风和畅，王羲之和他的文朋诗友在兰亭集会。会上，文人们提笔磨墨，欣然作诗。王羲之仰看崇山峻岭、茂林修竹，俯视清流急湍，萦绕在兰亭四周，一时感喟不尽，宇宙浩大，而人生有期。于是为他们的诗歌写了篇序文，名为《兰亭序》，也叫《兰亭集序》，借此抒发生死无常的悲喜和感慨。

特意挑了一个好天气，天清气爽的天气，去拜谒兰亭。还是上午，太阳刚出来，一路走去，空气中散发着露水从植物叶子上蒸腾时的清气，好像东晋那个三月三的好天气。远远看见一片青灰色的瓦片在上午的阳光下，泛着淡墨般的莹润之色，一个个飞檐，好似书法里用力向上的一提笔，墨色斜斜插进满山的青色里，空气里立时仿佛有墨香在飘散了。我心里悠悠一荡：这是去见王羲之啊！

进得一座古朴幽静的园子，放眼环视，鹅池、鹅亭、曲水流觞亭、右军祠、墨池、碑亭……每一处景，就是一个散发墨香的陈迹，就是一段风雅历史。

王羲之生平除了爱书法，便是爱鹅了。他爱鹅，养鹅，养了一池子也有风雅之气的鹅。传说当时绍兴有一道士喜欢养鹅，王羲之就兴冲冲跑去道士那里观赏鹅，赏完了还不肯罢休，还坚决要买人家的鹅回去。道士说："只要你能替我抄《道德经》，我就把这整群的鹅全送给你。"结果王羲之当真抄了，抄完后喜滋滋把人家的鹅用笼子装回去，自然是回去好心养着。

今天，站在鹅池边，看满池碧水倒映着白云悠悠，倒映着垂柳依依，看白羽红掌的大白鹅在戏水鸣叫，恍惚觉得王羲之正在书房里临帖，一提笔，一抬眉，他看见了他的鹅群。

想想，在家禽里面，鸡、鸭子、鹅等等，论风度气质，确实也就是鹅为上品。你看它朝天而歌时的气宇轩昂，你看它白毛浮绿水时的那种协调与图画美，你看它白到纯粹彻底不生一根杂色的羽毛，你看它挺胸抬头高昂迈步的步态……野逸，自由，才高，傲物，纯粹，这是鹅，也是东晋才子。

曲水流觞，是真能见古人的风雅。为纪念那次风雅，后人建了"流觞亭"。亭前，一条"之"字形的曲水蜿蜒流向青青树荫里。有人在模仿古人曲水流觞，以饮料为酒，倒进纸杯里，让它在水上漂着，顺流而下……遥想千百年前的那个三月三，艳阳朗照，清风徐徐，山坡上的兰花飘散清香，王羲之和四十二位文人雅士在这里写诗品酒。他们把酒倒进杯子里，把杯子放在荷叶上，让酒杯随着荷叶从曲水上游漂流，漂到谁人面前，谁就要饮酒作诗。作不出诗的，就要再罚酒。那一回雅集，共得诗三十七首，汇集成册，这便是《兰亭集》。古人那里，拼的不只是酒量，更是才华啊。有才华地拼酒是秀，否则便是作秀。秀出来的是传诵千古的雅事，作秀的是一时间的热闹。

其实，绍兴也有它淡淡惆怅的一页，这一页，写在沈园，写的是一个诗人的爱情。

沈园，是一座宋代园林，至今已有八百多年历史了，而成名，怕还是因为宋代大诗人陆游的那阕《钗头凤》吧。如今，园子还在，那一对爱人已经杳然于历史的烟尘，但那一段关于爱情的忧伤仍在人间传说。

当年，陆游初娶表妹唐琬，婚后生活甜蜜和美，可是后来陆游为母亲所迫，与表妹离异。一桩如花似锦的姻缘从此沦落于凄风苦雨之中，各自飘零，各自心痛。

十年后，陆游游访沈园，不巧在这里遇见已经改嫁名士赵士程的唐琬，唐琬征得丈夫赵士程的同意，给正要伤心离去的陆游送来酒菜，陆游感慨满怀，在墙上写下了这首著名的《钗头凤》：

> 红酥手，黄縢酒，满城春色宫墙柳。东风恶，欢情薄，一怀愁绪，几年离索。错，错，错！
> 春如旧，人空瘦，泪痕红浥鲛绡透。桃花落，闲池阁，山盟虽在，锦书难托。莫，莫，莫！

读了陆游写在墙上的那首词之后，唐琬艰难沉寂下来的内心再次翻起潮汐。是啊，叫她如何能放得下那个少年时候与自己一起采菊缝枕的人？到底是一个值得陆游爱的重情的女子，唐琬后来在愁病交加中，也提笔写了一首《钗头凤》来和陆游。这是诗词的唱和，更是情感和内心的应和。

> 世情薄，人情恶，雨送黄昏花易落。晓风干，泪痕残，欲笺心事，独倚斜阑。难，难，难！
> 人成各，今非昨，病魂常似秋千索。角声寒，夜阑珊，怕人寻问，咽泪装欢。瞒，瞒，瞒！

重逢与和诗之后，唐琬怀着爱情的疼痛，抑郁病去，永远离开了这个令她伤心的红尘。只有陆游，后来数次重访沈园，往事一幕幕在眼前和笔底浮现。她爱不动了，想不动了，她把思念丢给他一人了。

在一千多年后的今天，我们来访沈园，只看见墙上的伤心词，只看见陆游的塑像。那个爱着疼着的陆游，也不在了。主角退场，只留下这个演绎着惆怅爱情的舞台。

在这个满城柳色深绿堆叠浅绿的夏日，我来到沈园，一个人静静地、静静地走着，唯恐踩疼了他们千年的思念。

园内的池塘里，荷花正盛开，粉红的花瓣层层叠叠，像恋人的裙裳在风日下飘荡展开，那么美，那么招摇。也有小小的莲蓬，亭亭地，孤单地，立在翠绿的荷叶边。花落，那莲子初成。唯愿爱情的花常开不败，有谁愿意去咀嚼那花落之后苦涩的莲心？

我徘徊在风铃长廊，听铃声清越，仿佛听到有隔世的思念，穿过浩渺时空，直击心底，不由得心上一疼。在沈园，人会情不自禁地惆怅起来，相思起来。那假山边，那小亭下，那鱼池边，那荷花柳色面前，每一个地方，都那么适合一个人低下眉头，轻轻思念一回，思念从前的那个人，那个人呀！

绍兴还是文学的绍兴，是内心深厚的绍兴，是目光深邃的绍兴。

去绍兴，定会去鲁迅故里。两次去绍兴，两次都去了鲁迅的故里。某种意义上，也可以说，那是现代文学的一个故里：

百草园、三味书屋、茴香豆、孔乙己、咸亨酒店……

百草园其实就是周家的一个大菜园子。进得园来，迎面看见菜畦边立着一块黄而润的石头，上面阴刻"百草园"三个大字。石青色的字，笔画圆润流畅，好像盛夏时节的植物藤蔓在缠绕盘旋。

四围是高高的粉色院墙，墙壁上白粉斑驳，爬山虎贴着院墙蔓延攀爬，绿意一片一片。院墙旁，高树成荫，我不认识皂荚树，不知道被鲁迅写进文章的是哪一棵。

园内土地平旷，整齐的菜畦里种着整齐的玉米，修长如剑的叶子映照着夏日亮烈的阳光。叶子上，阳光也成了剑形，也有了剑气。

那口老井还在，青白色的石井栏依旧光滑，我低头探看了一下井底，真是幽深。幽深的井底有隐约的水光，也是深邃的，仿佛爱国忧国者半夜凝眉思索时的目光。

遥想一百多年前，一个懵懂的孩童，他在这个园子里听鸣蝉在高树之间长声吟唱，在砖缝里寻找那些可爱的昆虫，拔何首乌的根，摘覆盆子，吃桑葚……在这样一个高高院墙围起来的园子里，他度过了一个有声有色的童年。他在这里长大，然后离开这里，出门求学，学医，从文，走进了中国现代文学史，成为一代文豪，成为每一个中国人都知道的"鲁迅"。

他是绍兴的骄傲。绍兴因为他,也格外有了一种厚重,有了一种硬气和胆气。这是绍兴这座城的独特气韵,是绍兴的骨。

从百草园出来,沿着一条细长的街道走不多远,就到了三味书屋。三味书屋是清末绍兴城内一座有名的私塾,教书的先生叫寿镜吾,是鲁迅说的"本城中极方正,质朴,博学的人"。鲁迅离开百草园,结束了天真烂漫的童年生活之后,便是在这三味书屋读书,从十二岁读到十七岁,可以说,这里承载了他的整个少年时代。

站在三味书屋门口,迎面看见高高悬挂的横匾,写着"三味书屋"四个大字。匾下挂着一幅画,画着松树和梅花鹿,画的下方放着一张高高的长条几,条几的右端放着一幅画像,想来应该是寿镜吾老先生了。三开间的小花厅里,课桌椅子整齐干净,没有先生,也没有学生,可是严肃安静的气氛仍在。仿佛刚刚放学,老师严肃的训诫声音还回旋在这个书屋的空气里。

门外转了转,蜡梅树还在,枝干遒劲苍老,叶子浓碧。想象冬日来临,孩子们跟着老师读古文,抑扬顿挫间,蜡梅花清冷而芬芳的气息袅袅自窗缝和门缝飘进屋内,真让人感动。那时是晚清啊,国运衰落,民生艰难,萧条之气如满城落叶弥漫。可是在江南,在绍兴城内的一个私塾里,蜡梅的冷香里书声琅琅。

也许那几个读书的孩子还不懂得"布衣暖，菜根香，诗书滋味长"这人生三味，也不懂得读书人的命运也会有如同孔乙己那般的悲凉，他们也许只盼望着读完文章后，快快下课到园子里堆雪人去。他们还不懂得老师的严厉，不懂得一个封建社会末期知识分子的胸中块垒。

就像挂在大厅正面墙上的那幅画，松树和小鹿。老师如同松树一般苍老高大，饱经风霜却伸展枝叶庄重地搭出阴凉，而学生却如那只伶俐敏捷的梅花鹿，矫捷的身子，仿佛随时会扬蹄腾跃，消失于视线之内，多么不安分。

夕阳西下时，我离开三味书屋。回头再看一眼这个三开间的小花厅，夕阳橙红色的光芒厚厚覆盖在那松树梅花鹿的画上，日色晕染之下，那幅画格外有了一种圆融饱满和重量。松树伟岸庄严，梅花鹿聪敏有力，在一幅画里，它们和谐融为一体，融为一种风景。

这里，走出了鲁迅，他揭露虚伪、丑恶和顽疾，成长为一座思想的碑。他终生敬重这位启蒙老师寿镜吾先生。他批判封建教育，可是写到三味书屋，依然怀着一个斗士难得的温情。

出了三味书屋，天色已经暗下来，长街上的灯火次第亮起。沿路的酒肆饭馆里，绍兴黄酒的香味已经飘散出来。朋友说:"不要小看黄酒,喝起来醉人啊!"

在离开绍兴的这个晚上,在桥头边的一个酒家,我也斟了一杯黄酒。举起透明的玻璃杯,摇了摇,看琥珀色的液体在杯子里波来浪去,我知道,它外表婉约如水,可是水里藏着力量。这是长了硬骨头的水,这是绍兴黄酒。

这是绍兴。

湖上生明月

湖是黄陂湖。老早就听人说黄陂湖，听得多了，黄陂湖在我心里便漫漶成了一段传说，一首古诗，一份山长水远的惦念。

黄陂湖在庐江，周瑜故里。汉乐府《孔雀东南飞》里男主角焦仲卿，身份为庐江府小吏。

在手机地图上寻找黄陂湖，一片蓝色的水域，在庐江县城东南，省道319的南边。地图上的黄陂湖，颇有一种动态感的流动之美，她像一位身着湖蓝衣袂的敦煌飞天，身后是分别从巢湖和长江之滨牵扯起来的两根飘带，飘摇着，跟随她飞向庐江。黄陂湖虽在皖中内陆，却通过一北一东两条飘带似的支流，分别和巢湖、长江实现了连接。

我去黄陂湖时，正是金秋黄昏。黄陂湖，远居在庐江城外，于湖，这是难得的。沿着迤逦的乡间水泥路，在树林和田野之间穿越，寻湖。彼时夕阳在天，车窗外，玉米之类的庄稼蓊郁结实，散发出醇厚甜香的气息——这是黄陂湖湖水浇灌过的庄稼，明亮而壮实。路上没见什么人，也没有声音，只感受到拂面的风里，隐约有水的柔软和湿润。

黄陂湖，远远的，像个幽人。

是古诗里说的"惟有幽人自来去"的幽人，秉持着静寂冲淡和怡然自得的境界，与城市保持着恰到好处的那一点距离。

终于到了湖边。我们下了车子，除了惊叹，便什么话也说不出。所有的词语，面对这不加粉饰不事雕琢的湖，都是画蛇添足。黄陂湖的气质，是《二十四诗品》里的"自然"。围绕在湖周围的，除了田野还是田野，没有喧嚣的都市，没有庞然大物似的工厂，甚至连村庄也少。黄陂湖，拥有着一个湖泊最本真最原初的样子，碧波荡漾，水鸟翻飞——真是一个活得体面的湖！

我们站在湖岸边，像贪婪的兽，最大幅度打开呼吸系统，吮吸这湿润干净的空气。我们望着湖，用一湖的水波喂养眼睛，喂养心灵。

湖边有三两间低矮小房，是一户渔民住的吧。他在湖里养鱼，也用网箱在湖里养了螃蟹。螃蟹网箱至简至朴，伸出水面的竹竿和水底的倒影横竖组合，给人一种素描般的简洁通透感。

黄陂湖，也美得像黑白素描。

我们一时兴起，上了那渔民的小船，渔民手握竹篙在后面撑开。涟漪圈圈荡漾开去，我们笑，湖似乎也在笑。

一湖好水，就这样在夕阳下，颤动涟漪。湖边芦花盛开，白茫茫一片，在晚风中摇曳，让人觉得秋天好辽阔。天阔，湖阔，心也阔了。

我们到了湖水中央。满天的晚霞，透着秋高粱的红晕，把湖罩在里面了，把我们罩在里面了，把高高低低飞舞的白鹭罩在里面了。我们的小船与湖水、白鹭、天空，被晚霞照成一个透明璀璨的水晶。

秋天的黄陂湖上，世界静寂干净得像一块水晶。

湖底有水草。我偶然一低头时，看见水草摇曳在船边，山林小绿妖似的，有种自在自得的野气。心里一惊。是那种鸭舌形的水草，叶子扁扁长长的，童年时曾经在我家门后的小河里常见到，后来环境不断变坏，那水草渐渐就消失不见。算来，这样的水草，我大约是有三十年未见了。

在黄陂湖，再遇这种水草，真有故旧重逢的激动与感慨。回头查了一下，这种水草学名叫苦草，有净化水质的作用，可以做家畜的饲料，还可以充当药物来治病。

其实，水和植物是共生关系。好的水质养育了植物，反过来，植物也回报净化着水质。同时，植物的生长情况也检验着水质。河流湖泊是大地的眼睛，更是大地的脏腑。大地不仅靠河流湖泊来展现明眸善睐的动人之美，更靠着它们来吐故纳新，滋养万物。

在黄陂湖的清清湖水里，我看见了旧时的苦草在恣肆生长。我想，这样清澈干净的水质，一定也可以生长《诗经》里"参差荇菜"的荇菜，可以生长《古诗十九首》里"涉江采芙蓉，兰泽多芳草"的芙蓉与芳草，可以生长南朝乐府里"青蒲衔紫茸，长叶复从风"的蒲草……

一方健康的蓝色水域，原来可以是一片宁静如初的后花园，不管时代的列车如何滚滚向前，在这片一如当初的清水里，你能和千年之前的草木睹面相逢。人生万代，草木还是从前的模样，在水底招摇，在风里起伏……

这是水草的福，更是我们的福。这是河流湖泊的幸，更是我们的幸。

荡舟黄陂湖上，忽然看见前方的湖水中央竟有几座房子，红墙黑瓦的民房，已见破败。我们都很疑惑：这里四面是水，是谁跑到这湖中建起了房子，又让房子沉进水里？

给我们撑船的渔民，停了篙，指着那几座房子笑说：从前这里是耕地，耕地边自然有人家，后来退耕还湖了，这里的庄稼地连带着这房子就都成了黄陂湖的一部分了。

我心里又是一惊，又有热流滚过心头：原来，这里是退耕还湖后的黄陂湖！原来黄陂湖消瘦过，在退耕还湖后，又长成了眼前这纵径10公里、宽3.5公里的水波浩浩模样。

曾经，我不止一次为我们在河流湖泊面前的得寸进尺感到羞耻。我们围湖造田，沿江造田，我们侵占水鸟栖息的家园，我们是双手沾满罪恶的侵略者……

在黄陂湖上，当我得知船底的那片水域是退耕还湖之后的水域时，我感到了尊严和文明，感到了智慧和眼光。是的，我们应该这样。

夕阳渐落渐低，暮色浓起来，湖水在蓝天与暮霭之间，显得凝重而幽深，像一块黛色的老玉。这片湖，原来有过沧桑，所幸，它又回归到自己的疆土，拥有了这完整的蔚蓝，完整的清澈。

我们的小船，在渔民的竹篙起落里，也开始回程。夕阳完全沉进了湖水里，轻纱似的水汽在湖上弥散，黄陂湖的湖水在晚风里微微摇晃，进入恬静的时光。

小船靠岸，我们上岸。岸边的芒草和灌木丛里，虫声已经起来了。秋虫呢喃，带着黄陂湖的方言吧，我想。

披拂着满身的黄陂湖潮软水汽，我们上了车。车灯打开一片明亮的乡村小路，四隅的幽暗树影和唧唧虫声像一片墨似的洇染过来。我们仿佛经过飞天的梦乡,不觉放慢车速,唯恐惊扰了夜晚的黄陂湖。

月亮在右边的车窗边升起来了。

不记得是谁第一个看到的。众人按捺不住兴奋,忙停车来拍。

那是一轮红月亮!

又圆又大的红月亮,从黛色的湖面上升起来,仪态万方,一身荣耀红光。

这是黄陂湖养出来的红月亮!我心里默叹,只有这么广大清澈的湖水,才能生养出这么纯粹而尊贵的红月亮。

巍巍无为大堤

如果说长江是条龙,一条银白的母性的龙。那么从高空俯瞰,紧紧贴着江水的这道无为长江大堤,就是条青龙了,是父性的龙。

堤上青草离离,朝来暮去,这一片草色也被江水衬得莽莽苍苍了。春天,蒲公英在如茵草坡上打开它一轮又一轮金色的小太阳,春光在一带长堤上被剪裁得那样明媚而修长。夏日雨后黄昏,在堤顶上迎着凉风漫行,看见白鹭起落在堤畈下的草丛里,梨花缤纷一般。这样的时刻,总觉得人间静美,家园和乐安宁。

是啊,正因为有了安徽境内的这道无为大堤,我们千百年依水而居的沿江人才有了安宁的家园,才有了丰收的田野。

女孩子才能在春日融融的天气里去陌上点数花开,妈妈们才能在竹栏边守候着一拨又一拨的鸡鸭出壳。因为有了这一道坚固的屏障,我们的村庄逐渐壮大如棋盘,街道延伸密织如银带,日夜灯火通明的工厂成了璀璨夺目的夜明珠。

前年夏天,站在长城上,我想起家乡的无为大堤。在我的心目中,这大堤跟长城一样,甚至更神圣于长城,它巍峨,雄壮,古老,浑重。长城用来抵御的是匈奴骑兵,是人;而无为大堤抵御的是洪水,是更无情的自然灾难。

无为大堤全长124公里,形成历史悠久。早在三国时期,吴国就已在沿江一带筑堤垦田种植稼禾,以济军需民用。宋代以后,沿江筑堤建圩之风更是大兴,到明清时期已至鼎盛。但这些堤坝基本都矮小薄弱,抗洪能力差。乾隆二十九年,江潮汹涌,溃堤缺口多达二百多处,整个无为州成了汪洋。第二年,全堤开始整修,并将零散堤坝连成四大段,如此形成无为大堤的雏形。然而,从清至民国,再到新中国成立后,无为大堤依然在不断经历着决堤、筑堤……直到今天呈现在无为人眼里的巍巍无为大堤。填塘固基,抛石护岸,砌石护坡,加高加固,植树造防护林……1983年,长江凤凰颈水位达14.55米,无为大堤安然无恙。

在无为大堤的白玉池段,巍然矗立着一尊金牛的雕塑。那头牛,踏着汹涌翻腾的浪花,昂首朝向东南,威武镇定。

老人们说，很久之前，长江年年溃堤，有一天，有一个人夜里做了个梦，梦见一头金牛从天而降，一脚踏在决口的地方，挡住了浪，从此这江堤开始坚固如铜墙了。听完老人的悠悠叙说，我的眼前隐约浮现出这样的画面：浊浪滔天，从窗口涌入，孩子还在梦里；随后粮食被冲走，家畜被卷走，女人和孩子的哭声模糊在漫天的水声里……但我心里，记得最真切的还是幼时看见大人们冬修大堤的情景。那时候，白霜覆在茅草上，成千上万的男人和女人早早起床踏霜去挑堤。他们挑着沉沉的两箩筐土，口里呵出的热气白蒙蒙的，跟头发里隐约散发的汗气连成一片。他们一趟又一趟，太阳落山后才收了箩筐，鞋子又破了，肩膀上的茧又厚了。太阳再升起的时候，晨气里的无为大堤，堤脚又宽了，堤身又厚实了，堤顶又高了，能碰得着太阳了……

我想，真正的金牛恐怕还是这些一代又一代的筑堤人吧！是他们，筑堤围田，开垦蛮荒；是他们，在洪水席卷之后的土地上擦干眼泪，再次筑堤连圩。他们用双手和肩膀对抗洪水，他们用不屈不挠的意志来战胜洪水，他们才是浪潮里巍峨站定的金牛，是一道无形的雄伟的无为大堤。

今天，在这绵延124公里的无为大堤上缓缓车行，一路可以领略堤畈上的草原风光，可以欣赏棋子似的田畴村落安详卧在碧蓝天底下的景色，还可以在无为大堤脚下的任意一个小镇停下来,喝长江水,吃长江鱼。

　　站在无为大堤上,放眼远望,万里风光,顿觉长雄心,长壮志,长气量。曾经,我们用双手和智慧战胜洪水,战胜灾难,建设家园。在这样的战斗和建设中,我们不断刷新自己的高度,也刷新着梦想。

行到桐庐便忘老

去桐庐。水碧山青,桐庐未施脂粉,是天然的清美。

早年读《与朱元思书》:"风烟俱净,天山共色。从流飘荡,任意东西。自富阳至桐庐,一百许里,奇山异水,天下独绝。"从此念念不忘桐庐,如对佳人。在心里每默念"桐庐"两个字,便觉得有一种草木的清气在眼前袅绕,这清气里还杂糅着晨晓时分富春江上的水汽、雾气,以及缥缈不可辨的仙气。

正是盛夏,日光明媚,船行富春江上,倏然忘记今夕何年。只见青山叠叠,一座携一座,次第相迎。山势英俊清朗,皆有一种儒雅之气。立船头,长风抚弄长发长裙,令人恍惚有驾着凤凰的轻盈和飘逸之感。抬头,两岸高山上的林木丰饶幽深,想那里必有梧桐枝。也许,那片片在阳光下熠熠生出光泽的，便是梧桐的叶子。一片叶子上栖一只凤凰，在富春江，在桐庐，人人都是神仙了。

在严子陵钓台候船，坐在山脚下歇凉。时有细泉流淌之声泠泠不绝，寻看去，原来是一截毛竹接上了山上的一股瘦泉，泉水入潭，潭上有亭。我闭了眼痴想：这样一个好所在，若能在这里置上一壶茶、一副棋，往云中招手，定然能邀来几个神仙一起逍遥。这样一想，不觉莞尔，恋恋地不肯登船离去。身后林蝉合声长鸣，那声线悠悠荡漾无止尽，其间还夹杂着草间虫子的唧唧细唱。青山不老。青山哪里会老啊！江水长，林木深，虫鸟不息，青山永不老。与青山为伴为邻，人也不老了。

"人间幸有富春江！"坐船游富春江时，我的心里老是冒出这一句话来。是啊，如果没有富春江，又哪里会有这两岸青山湿淋淋的灵秀！哪里会有《富春山居图》的浩渺风雅！游罢严子陵钓台，回去，日光下的江水依然是活泼的，远望一片澄碧，到了船头，但见它们翻腾跳跃，白色的水花在阳光的照射下如银龙舞动。水声哗哗，清脆悦耳，如少女在林间的笑声。

但富春江到底还是静的，静如处子，静如诗人研墨握笔前那凝神时的安静。夜晚，坐船行于富春江上，月色朦胧，两岸青山寂然如砚，中间江水平静幽深如墨，大自然年年月月都在作一幅富春山水图。我们坐在船头,坐在水和天之间,船头偶有水花溅上来,濡湿衣裳和皮肤,潮凉而柔软。那一刻,唯愿自己是江水里的一颗卵石,或者是一尾银色的小鱼,就这样被江水养着,月月年年,天长地久,没有幽恨。就像这江水养出来的月亮,月亮里的嫦娥。是的,桐庐的嫦娥在一弯弦月里,是十六七岁的样子,光洁莹润,没有幽恨。

桐庐的山水,令人忘忧啊!

画家叶浅予便是桐庐人,在富春江畔,有他的故居,只是我步履匆匆未能进去瞻仰。好在,在叶浅予纪念馆,见到了他的绘画作品。他画头上顶碗跳舞的蒙古族姑娘,画敲长鼓着朝鲜族服饰的延边女子……一个个裙袂飞扬,眉目顾盼有神,令人观之心思不觉一动。叶浅予活到八十多岁,画到八十多岁,艺术面前,画家永远年轻。又或者,是桐庐的山水灵气,滋养着一个画家不断创作下去的激情。

李可染的《家家都在画屏中》画的是桐庐的芦茨村,墨色浓淡的高山层层叠叠,黛色的林木点染其间,山脚下卧着一个渔村,粉墙灰瓦。水边,赭黄的木桥横跨溪水两岸,芦苇摇曳,渔船归来……画中,氤氲着一层清浅的湿意,是江南的飘着墨香的湿。在那幅画里,我仿佛看见自己,住在粉墙灰瓦里的自己,或者是还没放学归来还没走上木桥的自己。是少年时候的自己。是未老的自己。

是啊，来到桐庐，发现一切未老。红尘扰扰，为名为利，几时能放得下！八千里路云和月，也许，行到桐庐的这片山水里，便欣然忘老了。如画山水和诗意栖居，令人忘老。